# 보물섬

CLASSIC STARTS®: Treasure Island
Retold from the Robert Louis Stevenson original by Chris Tait
Text © 2005 Chris Tait ;Questions for Discussion
and Afterword © 2005 Sterling Publishing Co., Inc.
All rights reserved
Korean Translation Copyright © 2025 by Aramy, Seoul, Korea
This Korean edition was published by arrangement
with Sterling Publishing Co., Inc., 33 East 17th Street, New York, NY 10003
through PROPONS Agency, Korea

연초록 세계 명작 19

# 보물섬

초판 1쇄 발행 2025년 3월 20일
원작 로버트 루이스 스티븐슨  다시 씀 크리스 테이트  옮김 조현진  그림 김성용
펴낸곳 도서출판 아라미
펴낸이 백상우
편집 정유나  디자인 이하나  마케팅 장동철  관리 한찬미
로고 신명근
등록번호 제313-2009-131호
주소 서울시 마포구 토정로 192 진영빌딩 206호  전화 02-713-3257  팩스 02-6280-3257
E-mail aramy777@naver.com
ISBN 979-11-92874-30-2  74840  979-11-92874-01-2 (세트)

ⓒ 아라미, 2025

◆ 연초록은 도서출판 아라미의 브랜드입니다.
◆ 책값은 뒤표지에 있습니다.

제조자명 도서출판 아라미  제조년월 2025년 3월 20일  품명 어린이책  제조국 대한민국
모델명 연초록 세계 명작 19  사용연령 8세 이상
주소 서울시 마포구 토정로 192 진영빌딩 206호  전화 02-713-3257  팩스 02-6280-3257
주의 종이에 베이거나 긁히지 않도록 조심하세요. 책 모서리가 날카로우니 던지거나 떨어뜨리지 마세요.

# 보물섬

로버트 루이스 스티븐슨 원작
조현진 옮김
김성용 그림

연초록

# 차례

짐 호킨스와 주변 인물들 소개 · 8


I 늙은 해적

1장 '벤보 제독'에 온 늙은 뱃사람 · 11

2장 검둥개 · 21

3장 검은 점 · 27

4장 눈먼 남자의 허풍 : 궤짝이 열렸다 · 31

5장 눈먼 남자의 최후 · 36

6장 선장의 종이 꾸러미 · 40


II 바다 요리사와 바닷가에서의 첫 모험

7장 모인 선원들 · 45

8장 망원경 간판 · 48

9장 의심을 품은 선장 · 52

10장 사과 통 속에서 들은 이야기 · 56

11장 기슭에서 시작된 모험 · 66

12장 섬사람 · 70

Ⅲ 요새

13장 리브시 선생님의 이야기 : 배는 어떻게 되었는가 · 81

14장 계속되는 이야기 : 첫날의 싸움이 끝나다 · 87

15장 짐이 이어받은 이야기 : 요새 지킴이 · 91

16장 공격 · 98


Ⅳ 바다 모험

17장 바다 모험은 어떻게 시작됐는가 · 102

18장 작은 보트 · 108

19장 해골 깃발을 내리고 핸즈의 도움을 받다 · 112

20장 은화 여덟 닢 · 120

Ⅴ 실버 선장

21장 적의 막사에서 · 123

22장 돌아온 검은 점 · 127

23장 잠시 풀려나다 · 131

24장 보물을 찾아서 : 플린트 선장이 남긴 길잡이 · 135

25장 나무 사이로 들리는 목소리 · 140

26장 진심 어린 작별 인사 : 각자 집으로 돌아가다 · 147


어떻게 생각하나요? 생각을 나누어 보아요 · 152

작품에 대하여 · 156

작가에 대하여 · 157

추천사 고전 문학 읽기의 즐거움 · 158

작가들 소개 · 160

## 짐 호킨스

'벤보 제독'이라는 이름의 여관집 아들이에요. 낡은 궤짝 안에서 보물 지도를 발견해 보물섬 탐험에 나서지요. 영리하고 용감해서 자기 편 사람들을 여러 번 위기에서 구해 내요.

## 해적 실버

한쪽 다리가 없어서 목발을 짚고 다니는 해적이에요. 요리사인 척하면 서 히스파니올라호에 올라타 항해를 하지요. 보물섬에 도착하자 다른 선원들을 꾀어 반란을 일으켜요.

## 리브시 선생님

보물섬 탐험에 함께 나선 의사예요. 대지주인 트렐로니 씨와 친한 사 이지요. 해적들에 맞서서 여러 번 전투를 치르며 활약해요.

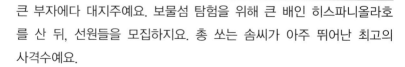

## 트렐로니 씨

큰 부자에다 대지주예요. 보물섬 탐험을 위해 큰 배인 히스파니올라호 를 산 뒤, 선원들을 모집하지요. 총 쏘는 솜씨가 아주 뛰어난 최고의 사격수예요.

## 빌리 본스

'벤보 제독' 여관에 오랫동안 묵고 있는 늙고 병든 뱃사람이에요. 커다 랗고 비밀스러운 궤짝을 가지고 있어요. 늘 짐 호킨스에게 외다리 남 자가 오나 잘 살펴보라고 시키지요.

## 검둥개

어느 날 빌리 본스를 찾아온 창백한 남자예요. 손가락 두 개가 없어요. 빌리 본스를 뒤에서 공격했다가 오히려 상처를 입고 도망치지요.

## 눈먼 남자 퓨

앞이 보이지 않아 지팡이로 길바닥을 쿵쿵거리며 돌아다녀요. 어느 날, 빌리 본스를 찾아와 '검은 점'이 있는 쪽지를 건네요.

## 벤 건

보물섬에 고립되어 삼 년 동안 혼자 살고 있었어요. 옛날에는 해적의 선 원이었지만 이번에는 짐 호킨스의 편이 되어 함께 해적들을 물리쳐요.

# I 늙은 해적

## 1장

## '벤보 제독'에 온 늙은 뱃사람

수많은 사람들이 내게 부탁을 했어요. 보물섬에 관한 이야기를 처음부터 끝까지 전부 기록해 달라고요. 그래서 그리하려고 해요. 하지만 보물섬이 어디 있는지는 적지 않을 거예요. 왜냐하면 그곳에 아직 보물이 남아 있을지도 모르니까요.

이야기는 우리 아버지가 '벤보 제독'이라는 여관을 운영했던 때로 거슬러 올라가지요. 어느 날 밤이었어요. 날씨가 무척 매서웠지요. 바깥에서는 윙윙 울부짖는 바람 소리가 들렸어요. 그때 얼굴에 흉터가 있는 늙은 뱃사람이 여관 문을 벌컥 열고 들어왔어요.

늙은 뱃사람은 궤짝이 실린 손수레와 함께 이상한 모습으로 불쑥 나타났어요. 키가 크고 건장한 몸에 피부는 구릿빛으로 그을렸어요. 그리고 길게 땋은 검은 머리가 꾀죄죄한 파란 외투 위로 드리워져 있었어요. 머리부터 발끝까지 죄다 더러워 보였지요. 손과 손톱마저도요. 뺨에 길게 나 있는 새하얀 상처가 때묻은 피부 위로 도드라져 보였지요. 뱃사람은 휘파람을 휘휘 불더니 어디서 많이 들어 본 것 같은 노래를 불렀어요.


"열다섯 사람은 죽은 자의 궤짝 위에……
요호호, 럼주 한 병."


뱃사람이 묵직한 지팡이로 바닥을 툭툭 두드렸어요. 그 소리에 아버지가 얼른 다가갔어요. 뱃사람은 여관 안을 둘러보며 물었어요.
"바다도 가깝고 좋구먼. 손님은 많은가?"
아버지는 손님이 없다고 대답했어요. 그 말은 사실이었지요. 요새 장사가 잘 안 되었거든요.
"나한테 딱 안성맞춤이구먼. 어이 여보게."

뱃사람이 손수레를 끌고 온 짐꾼에게 말했어요.

"위층으로 궤짝을 갖다 놓아 주게. 난 잠깐 여기 있으려니까."

뱃사람은 아버지를 향해 이렇게 말했어요.

"난 수수한 사람이라네. 베이컨하고 달걀, 그리고 항구의 배를 내다볼 수 있는 전망이면 충분하다고. 그건 그렇고, 이제부터 날 선장이라고 부르게."

선장은 의심 가득한 아버지의 표정을 봤는지 작은 가죽 주머니에서 황금빛 동전을 몇 닢 꺼내 휙 던졌어요. 그러고는 거칠게 말했어요.

"다 떨어지면 얘기하게! 돈 나올 데는 많으니까!"

추레한 차림새에 태도도 거칠었지만 예전에 사람깨나 부린 모양이었어요. 짐꾼이 말하길 뱃사람이 그날 아침 막 항구에 도착해서는 근처에 조용한 여관이 있는지 물었다고 해요. 늙은 뱃사람, 그러니까 선장에 대해 알아낼 수 있는 건 이뿐이었어요.

선장은 평소 말이 없었어요. 낮에는 절벽에서 반짝반짝 빛나는 황동 망원경으로 수평선 너머를 바라보며 몇 날 며칠을 보냈지요. 밤에는 여관 응접실에 있는 화롯불 옆에 앉아 있곤 했어요. 묻는 말에도 대꾸를 별로 하지 않았어요. 그러다 갑자기 뱃고동 소리를 내면서 코를 팽 풀기도 했지요. 여관 손님들은 선장을 멀리했어요. 나와 아버지도 그리 했고요.

선장은 저녁마다 산책하고 돌아와서는 누군가 자기를 찾지 않았냐고 물었어요. 처음에는 외로워서 그러는 줄 알았어요. 하지만 이내 깨달았지요. 누군가 찾아올까 겁내고 있다는 것을요. 여관에 어느 뱃사람이라도 들어올라치면 선장이 몰래 커튼 사이로 빼꼼 내다보곤 했거든요.

선장은 점차 내게 속을 터놓기 시작했어요. 자기가 시키는 일을 잘 하면 한 달에 은화 한 닢을 주겠다고 했어요. 다리가 하나뿐인 외다리 사나이가 오는지 망을 봐 달라고 했지요. 그런데 내가 숙박비를 달라고 할 때면 때때로 얼굴을 잔뜩 찌푸렸어요. 하지만 이내 마지못해 돈을 냈지요. 내가 망을 봐 주지 않으면 자신이 곤란해질 테니까요.

"짐 호킨스! 외다리 사나이가 오나 잘 보거라!"

선장은 내 이름을 부르며 거듭 말했어요.

오죽하면 내가 한 번도 본 적 없는 그 외다리 사나이가 내 꿈에까지 나타나지 뭐예요. 비바람이 몰아치는 밤이면 그 모습이 악몽 속에서 생생히 보이곤 했어요. 무릎 아래로 잘린 다리가 그 다음에는 엉덩이 아래로 잘린 모습으로 변했어요. 그러더니 나중에는 몸 한가운데 다리 하나만 덜렁 남은 괴물이 되었어요! 괴물은 꿈속에서 담장을 뛰어넘고 들판을 가로질러 나를 쫓아다녔어요. 난 외다리 사나이가 무서웠어요.

하지만 선장은 별로 무섭지 않았어요. 다른 사람들은 선장을 무서워했지만요. 사람들은 선장이 기분 나쁜 노래를 부를 때면 절로 몸을 움츠렸어요. 게다가 선장은 사람들에게 '요호호, 럼주 한 병!'을 따라 하라고 시켰어요. 사람들은 선장이 무서워서 시키는 대로 노래를 따라 불렀지요.

선장은 때때로 눈알을 굴리고는 버럭 화를 내며 탁자를 내리쳤어요. 선장이 무시무시한 이야기와 으스스한 노래를 실컷 하다 잠에 곯아떨어지기 전까지는 어느 누구도 감히 자리를 뜨지 못했어요.

선장이 들려주는 이야기는 무지하게 무서웠어요. 사람의 목을 매달아 죽이는 이야기, 뱃전에 걸친 널빤지 위를 걷는 이야기, 폭풍우가 몰아치는 바다 이야기까지 정말로 무시무시한 이야기들이었지요. 나는 선장의 끔찍한 이야기들을 들고 싶지 않았어요. 그에 못지않게 선장의 거친 말투도 몹시 싫었어요.

아버지는 여관이 곧 망할 거라 여겼어요. 선장 때문에 이제는 손님이 찾아오지 않을 거라 했지요. 하지만 내 생각에는 선장이 있기 때문에 손님이 오는 것 같았어요. 손님들은 처음에는 겁을 먹었지만 이내 선장의 이야기에 흥미를 느꼈지요. 하물며 어떤 젊은이들은 선장을 위해 잔치를 열기도 했어요. 선장을 '바다의 사나이' 또는 '진정한 뱃사람'이라 치켜세웠어요.

선장은 가진 돈을 다 쓰고도 여관을 나가지 않았어요. 하지만 아버지는 선장에게 숙박비를 달라고 말할 용기가 없었어요. 어쩌다 그 말을 입에 올릴라치면 선장은 아버지에게 고래고래 소리를 지르고는 방에서 나갈 때까지 노려봤어요. 이 때문에 몸이 약한 우리 아버지가 몸져눕게 된 게 틀림없어요.

선장은 옷을 갈아입는 법이 없었어요. 모자가 너덜너덜 해어지면 바다에 휙 버렸어요. 외투는 직접 기워 입었고요. 나중엔 외투에 온통 기운 자국뿐이었지요. 찾아오는 사람도 없었고 편지를 쓰거나 받지도 않았어요. 심심할 때만 근처에 있는 사람에게 말을 걸 뿐이었어요. 그리고 선장의 커다란 궤짝이 활짝 열려 있는 꼴은 누구도 본 적이 없었어요.

딱 한 번 선장이 말싸움에 휘말린 적이 있어요. 몸이 편치 않은 아버지를 진찰하러 리브시 선생님이 왔을 때였지요. 진찰을 마친 리브시 선생님은 여관에서 저녁 식사를 했어요. 그런 다음 타고 갈 말이 오길 기다리며 응접실에서 다른 손님과 이야기를 나누고 있었지요. 나는 리브시 선생님의 뒤를 졸졸 쫓아다니며 리브시 선생님의 멀끔한 모습과 선장의 모습을 견주었어요. 꾀죄죄한 선장 옆에 있으니 리브시 선생님의 외투는 너무나도 깔끔해 보였고 성격과 태도 또한 밝아 보였어요.

그때 느닷없이 선장이 노래를 불렀어요.

"열다섯 사람은 죽은 자의 궤짝 위에……
요호호, 럼주 한 병.
나머지는 술과 악마가 해치웠다네……
요호호, 럼주 한 병!"

난 노래에 나오는 궤짝이 선장의 궤짝을 말하는 줄 알았어요. 그래서인지 무시무시한 외다리 괴물이 나오는 꿈속에 얼기설기 엮인 궤짝까지 나오더라고요.

선장의 노래에 익숙한 사람들은 노래를 듣는 둥 마는 둥 했어요. 하지만 선장의 노래를 처음 들은 리브시 선생님은 퍽 화가 난 얼굴로 선장을 휙 쳐다보더니 이내 고개를 돌려 다른 사람들과 대화를 마저 이어 나갔어요. 그러자 선장이 조용히 하라는 뜻으로 손을 휘휘 흔들었어요. 리브시 선생님만 빼고 모두가 입을 꾹 다물었지요. 리브시 선생님은 도리어 보다 크고 분명한 목소리로 계속 말을 했어요. 선장은 그런 리브시 선생님을 노려보더니 이렇게 외쳤어요.

"전원 조용!"

리브시 선생님이 몸을 돌려 선장을 보고는 한마디 했어요.

"난 이제껏 당신 같은 건달의 말을 들을 필요성을 느낀 적이 없고, 오늘 밤도 마찬가지요!"

화가 잔뜩 난 선장이 벌떡 일어나더니 칼을 휙 꺼내어 리브시 선생님을 찌르겠다고 을렀어요. 선생님은 꼼짝도 않고 선 채로 변함없는 큰 목소리로 말했어요.

"칼을 내려놓지 않으면 당신을 교수형에 처하겠소!"

둘은 섬뜩한 눈빛으로 서로를 노려봤어요. 선장이 이내

늙은 개처럼 으르렁대면서도 결국 몸을 굽혀 앉았어요. 그러나 리브시 선생님의 말은 거기서 끝나질 않았어요.

"당신 같은 사람이 내 구역에 있다는 걸 알았으니 내 똑똑히 지켜볼 거요. 난 의사일 뿐 아니라 판사이기도 하오. 당신이 법을 어겼다는 말이 조금이라도 내 귀에 들어왔다가는 끝까지 그 증거를 찾아내 마을에서 쫓아내고 말겠소. 경고 잘 새겨들으시오!"

잠시 뒤 리브시 선생님은 말을 타고 돌아갔어요. 선장은 그날 저녁부터 한동안 얌전히 지냈어요.

## 2장
## 검둥개

　얼마 지나지 않아, 무언가 이상한 일이 일어났어요. 선장과 관련된 일이었지요. 그해 겨울은 지독하게 추웠어요. 아버지가 겨울을 넘기지 못할 게 불 보듯 뻔했지요. 매일매일 병세가 심해졌어요. 여관은 어머니와 내가 맡아야 했어요. 눈코 뜰 새 없이 바빠서 선장을 신경 쓸 겨를이 없었지요.

　1월의 어느 추운 날 아침, 바닷가에는 서리가 얇게 내렸고 태양은 아직 채 뜨지 않았어요. 선장은 평소보다 일찍 일어났어요. 손에는 망원경을 들고 모자를 비스듬히 얹은 채 해변으로 터덜터덜 걸어갔어요. 낡은 푸른색 외투 자락 아래로 녹슨 칼이 덜렁덜렁 흔들거렸지요. 선장은 콧김을 푸푸

내뿜으며 성큼성큼 발걸음을 옮겼어요.

어머니는 아버지와 위층에 있었고 나는 식탁을 차리고 있었어요. 그때 문이 열리더니 낯빛이 백지장처럼 하얀 데다 손가락 두 개가 없는 한 남자가 모습을 드러냈어요. 남자의 두 다리는 멀쩡했고, 선원처럼 보이지는 않았어요.

난 주문을 하겠냐고 물었어요. 남자는 자리에 앉더니 내게 가까이 오라고 손짓했어요.

"이곳에 내 친구 빌이 묵고 있느냐? 이게 빌의 아침 식사야?"

남자가 음흉한 눈빛으로 물었어요.

난 빌이 누군지는 모르지만 선장으로 불리는 사람이 앉는 식탁이라고 말했어요.

"음, 빌이라면 선장으로 불리고 싶어 하겠지. 빌은 뺨에 긴 상처가 있고 어딘가 우스꽝스러운 구석이 있지. 자, 내 친구 빌이 지금 이 집 안에 있는가?"

나는 남자에게 선장은 산책하러 나갔다고 말해 줬어요. 어디로 갔는지 남자가 알려 달라고 하더군요. 내가 대답을 하자 남자는 벌떡 일어나더니 어설프게 경례를 했어요. 난 어찌할 바를 몰랐어요. 남자의 행동거지가 이상하잖아요.

그러더니 남자는 쥐를 노리는 고양이처럼 문 뒤에 숨었어요.
이윽고 여관으로 다가오는 선장의 모습이 보였어요.

"자, 우리 빌을 깜짝 놀래 주자고."

남자가 속삭이면서 나를 문 뒤로 홱 끌어당겼어요. 남자
가 겁을 먹고 있는 게 느껴졌어요. 거친 숨소리를 내뱉고 있
었거든요. 남자는 허리에 찬 칼을 느슨히 풀고는 만반의 준
비를 했어요. 이윽고 선장이 벌컥 안으로 들어와 식탁으로
향하자 남자가 커다란 목소리로 외쳤어요. 하지만 여전히
겁이 나는 듯했어요.

"빌!"

선장이 몸을 홱 돌렸어요. 마치 유령이라도 본 듯한 모습
이었지요.

"검둥개 아니야?"

깜짝 놀란 선장이 헐떡이며 물었어요.

"그럼 누구겠는가? 아, 내가 손가락 두 개를 잃은 뒤로 아
주 오랜만에 보는군그래……."

검둥개가 흉측한 손을 들어 올리며 말했어요.

"음, 용케 날 찾아냈군. 원하는 게 뭔가?"

선장이 퉁명스럽게 물었어요.

검둥개가 나더러 나가라고 했어요. 나는 시키는 대로 밖으로 나간 뒤, 문에 귀를 대고 둘이 무슨 이야기를 하는지 들어 보려 했어요.

불현듯 두 사람은 소리를 지르기 시작했어요. 의자와 탁자가 우당탕 넘어지는 소리도 나더군요. 이윽고 선장이 칼을 든 채 검둥개를 뒤쫓아 나왔어요. 검둥개의 어깨에서는 피가 줄줄 흐르고 있었어요. 선장은 또 한 번 칼을 씽 휘둘렀어요. 그 바람에 여관 간판에 칼자국이 났어요. 지금까지도 그 칼자국이 남아 있답니다.

다친 검둥개는 걸음아 날 살려라 하고 멀리 달아났어요. 선장은 거친 숨을 몰아쉬며 서서 멀어져 가는 검둥개를 쳐다봤어요. 잠시 뒤, 선장은 두 손으로 얼굴을 쓸어내리더니 갑자기 정신을 잃고 쓰러졌어요. 나는 급히 어머니를 불렀어요. 우리는 가까스로 선장의 머리를 들어 올렸어요. 선장의 얼굴빛이 무척 좋지 않았어요.

나와 어머니는 어쩔 줄 몰랐어요. 그때, 때마침 여관에 들른 리브시 선생님이 곧바로 선장을 진찰했어요.

"순간적으로 머리에 피가 통하지 않아서 뇌졸중이 왔군요."

리브시 선생님이 딱딱하게 말하더니 곧 선장의 소매를 찢었어요. 그러자 선장 팔에 있는 문신 여러 개가 드러났어요. 문신 중에는 교수대에 매달린 사람 그림도 있었어요. 아래에는 '빌리 본스'라는 이름이 새겨져 있었지요.

"자, 우린 이제 여기 빌리 본스 씨의 목숨을 구해야 합니다."

선생님은 이내 선장에게서 피를 뽑아냈어요. 피가 왈칵 쏟아져 흘러내리자 선장이 깨어나 물었어요.

"검둥개는 어디 있나?"

"검둥개는 이곳에 없소. 당신에게 뇌졸중이 왔고 내가 당신 목숨을 살렸지. 별로 내키진 않았지만."

리브시 선생님과 나는 겨우겨우 선장을 일으켜 침대에 눕혔어요. 피를 많이 뽑은 탓에 선장은 일주일 동안 누워 쉬어야 했어요. 리브시 선생님은 선장에게 다시 한번 뇌졸중이 오면 살려 낼 수 없다고 말했어요.

# 3장
## 검은 점

나는 선장을 찾아갔어요. 선장이 침대에서 몸을 일으키더니 내게 가까이 오라고 손짓했어요. 내가 다가가자 선장이 갑자기 빽 소리쳤어요.

"일주일 동안 못 누워 있겠어. 늙은 플린트의 유령이 보인다고! 자, 말해 봐라. 그 선원을 보았느냐?"

검둥개를 뜻하는 거냐고 내가 물었어요.

"아니, 검둥개 말고. 녀석보다 더 나쁜 놈들이 있어. '검은 점'이라 부르는 죽음의 쪽지를 내게 보낼 수도 있다고. 그놈들은 내 궤짝을 노리고 있거든. 가서 의사 양반한테 전해. 여기 와서 나 좀 도와 달라고 말이야. 난 플린트의 일등 항해사였어. 보물이 어디 있는지는 나만 알고 있지. 보물이 어디에 숨겨져 있는지 플린트가 죽기 전에 내게 말해 줬거든. 외다리 선원하고 검둥개가 오는지 두 눈 똑바로 뜨고 지켜보거라. 그러면 내 명예를 걸고 반드시 네게 보물을 나눠 주마."

그 말과 함께 선장은 기절하듯 잠이 들었어요. 난 바로 리브시 선생님을 찾아가진 않았어요. 왜냐하면 그날 밤, 다정한 우리 아버지가 세상을 떠났거든요. 너무 갑작스레 돌아가신 탓에 선장 생각을 할 겨를이 없었어요. 그런 우리에게 선장은 온갖 고약한 행동과 말을 해 댔어요. 심지어 장례식 날 밤에도 선장은 늙은 개처럼 잔뜩 찌푸린 얼굴로 으르렁거리듯 노래를 불러 댔어요.

장례식 다음 날, 난 뒷문에 나와 앉아 아버지를 그리워하고 있었어요. 그때 낯선 눈먼 남자가 낡고 울퉁불퉁한 지팡이를 짚으며 가까이 다가왔어요. 여기가 어딘지 묻기에 '벤보 제독'이라고 말해 줬지요. 바싹 다가온 남자를 보니 눈알이 없는 눈을 반쯤 감고 있었어요. 불현듯 남자가 내 손목을 부서져라 콱 잡고선 말했어요.

"자 꼬마야, 나를 선장한테로 안내하거라. 안 그러면 네

팔을 부러뜨리겠다! 선장한테 가거든 '빌, 여기 친구 분이 오셨어요.'라고 말하고!"

나는 팔이 비틀린 채 여관 안으로 들어가 눈먼 남자가 시킨 대로 소리를 질렀어요. 그 소리에 선장이 퍼뜩 정신을 차리더니 지레 겁을 먹지 뭐예요. 그러더니 끙끙대면서 겨우 몸을 일으켜 앉았어요. 일어서려 했지만 그러기에는 몸이 너무 쇠약해져 있었어요.

그때 눈먼 남자가 말했어요.

"자, 빌. 그대로 앉아 있게. 내가 눈은 안 보이지만 자네가 손가락 하나만 까딱해도 알 수 있다고. 자, 자네 왼손을 내밀게. 꼬마야, 선장의 왼쪽 손목을 끌어다가 내 오른손 옆에 놓아라."

난 눈먼 남자가 시키는 대로 했어요. 남자는 이내 자기 손에 있던 무언가를 선장의 손에 툭 놓았어요.

"여기, 이제 볼일은 끝났네."

눈먼 남자는 별다른 말없이 서둘러 방을 나섰어요. 그제야 정신이 든 선장은 손바닥 안을 들여다보더니 깜짝 놀라 벌벌 떨었어요.

"열 시야! 여섯 시간 남았군. 아직 놈들을 잡을 수 있겠어!"

선장이 외치면서 벌떡 일어섰어요. 그런데 갑자기 목을 덥석 움켜쥐더니 바닥에 쓰러지고 말았어요. 내가 곧장 달려갔지만 이미 소용없는 일이었어요. 선장은 죽고 말았어요. 난 결코 선장을 좋아하지 않았어요. 그런데도 왈칵 눈물이 쏟아졌어요. 불과 이틀 만에 마주하게 된 두 번째 죽음이었으니까요.

# 4장

## 눈먼 남자의 허풍 : 궤짝이 열렸다

난 내가 아는 모든 것을 어머니에게 털어놓았어요. 이내 우리는 한 가지 사실을 깨닫게 되었어요. 머지않아 선장의 무시무시한 동료 선원들이 궤짝을 가지러 오리라는 것을요. 그리고 우린 선장이 오랫동안 내지 않은 숙박비를 못 받게 되었다는 것도 알았어요. 문득 어둠 속에서 발걸음 소리가 들리고 안개 사이로 귀신이 보이는 것 같았어요.

우린 가까운 마을에 가서 도움을 구해 보기로 했어요. 겁에 질린 채 뛰고 또 뛰었어요. 이윽고 환한 마을 불빛이 보이자 금세 마음이 놓였어요. 하지만 그것도 잠시, 마을 사람들에게 있었던 일을 들려주자 모두 무서워 몸서리치더니 슬그머니 자리를 뜨더군요. 리브시 선생님에게 도움을 청해 보겠다는 사람은 있었지만 함께 여관을 지켜 주겠다며 나서는 이는 없었어요.

이윽고 어머니는 아무리 위험해도 우리끼리 여관으로 돌아가겠다고 말했어요. 그러자 사람들은 총알을 넣은 권총 한 자루와 말 두 마리를 빌려줄 뿐이었어요.

이미 날은 어두워졌어요. 우리는 둥둥 떠다니는 안개를 뚫고 여관으로 향했어요. 어찌어찌해서 여관까지 가는 길을 잘 찾아갔지요. 여관에 들어간 뒤에는 곧장 빗장을 걸었어요. 죽은 선장만이 덩그러니 우리와 함께 있어 줬지요.

나는 몸을 굽혀 선장의 몸을 살펴보았어요. 선장의 손 안에는 눈먼 남자가 준 쪽지가 구겨져 있었어요. 쪽지에는 검은 점이 그려져 있었고, 쪽지 뒷면에는 '열 시까지 시간을 주겠다.'라고 쓰여 있었어요. 그때 갑자기 시계 소리가 댕댕 울렸어요. 아직 여섯 시밖에 안 되었다는 사실에 나는 힘이 났어요. 무시무시한 사람들이 들이닥치기까지 네 시간은 남아 있었지요.

나는 궤짝의 열쇠를 찾으려고 선장의 호주머니를 뒤졌어요. 하지만 주머니칼과 나침반뿐이었어요. 어머니의 말대로 선장의 옷깃을 풀어 헤치자 줄에 꿰인 열쇠가 목에 걸려 있었어요.

우리는 황급히 선장의 방으로 달려가 낡아 빠진 궤짝을 끄집어냈어요. 어머니는 재빨리 열쇠로 궤짝을 열었어요. 궤짝 안에는 한 번도 입지 않은 깨끗한 옷가지와 권총, 은화, 머나먼 나라에서 온 값싼 장신구가 들어 있었어요. 그 아래에는 종이 꾸러미와 금화 한 자루가 있었어요. 어머니는 우리가 받았어야 할 값만 가져가자고 했어요. 우린 앉아서 외국 동전을 골라냈지요. 그때 무슨 소리가 났어요. 나는 어머니의 팔을 세게 붙잡고선 입에다 손가락을 갖다 대었어요.

길바닥을 쿵쿵 두드리는 지팡이 소리가 들렸지요. 눈먼 남자가 다시 온 것 같았어요. 이윽고 문고리를 잡아당기는 소리도 들렸지요. 문이 열리지 않자 눈먼 남자는 지팡이로 쿵쿵 바닥을 찍으며 어둠 속으로 멀어져 갔어요.

"어머니, 누군가 곧 더 올 것 같아요. 그냥 전부 다 가지고 가요!"

어머니는 그리하지 않으려 했어요. 그때 난데없이 거리에서 휘파람 소리가 휘휘 들려왔어요. 그러자 어머니가 얼른 말했어요.

"손에 든 것만 가지고 가야겠구나!"

어머니가 외쳤어요.

"전 종이 꾸러미를 가져갈게요."

우린 벌떡 일어나 계단 아래로 내달려 문을 열고 거리로 뛰쳐나갔어요. 길을 따라 쭉 걸어 나가자 안개가 점차 걷히기 시작했어요. 그때 저만치서 누군가의 목소리가 들렸어요. 누군가 여관 쪽으로 다가가는 것 같았어요.

어머니가 내게 몸을 돌려 말했어요.

"돈을 가져가거라. 나는 못 갈 것 같구나."

비틀거리는 어머니를 부축해 근처의 작은 다리 아래로 갔어요. 그곳에서도 여관에서 나는 소리가 꽤나 잘 들렸어요. 나는 몸을 최대한 웅크렸어요.

# 5장
## 눈먼 남자의 최후

난 두려움보다 호기심이 앞섰어요. 그래서 다리 밑에서 길가로 기어 나갔지요. 안개 사이로 사람들의 머리가 어른거렸어요. 눈먼 남자가 무리를 이끌고 있었어요. 이윽고 일고여덟 명의 사람들이 여관 앞에 다다랐어요.

"문을 부숴!"

눈먼 남자가 외쳤어요.

무리가 우르르 달려들었어요. 그런데 문이 잠겨 있지 않아 깜짝 놀라더군요. 빨리 들어가라며 눈먼 남자가 다그쳤어요. 무리는 곧장 여관 안으로 들어섰어요. 잠시 뒤, 누군가 화들짝 놀라 외치는 소리가 들렸어요.

"빌이 죽었다!"

눈먼 남자는 부하들에게 우는소리 하지 말라고 다그쳤어요. 그러더니 선장의 시체를 뒤져 열쇠를 찾아내라고 닦달했지요. 무리는 위층 선장의 방으로 가더니 아래층을 향해 외쳤어요.

"어이, 퓨! 뭔가 이상해. 궤짝이 열려 있긴 한데 돈은 그대로 있어!"

"돈은 됐고! 플린트의 종이 꾸러미는 있나? 없다고? 그럼 빌의 몸 안에 있나?"

무리가 이리저리 뒤져 봤지만 아무것도 찾질 못했어요. 그러자 눈먼 남자, 퓨가 외쳤어요.

"그 꼬마 녀석이 가져갔구먼. 눈알을 뽑아 버렸어야 했는데. 아까 내가 왔을 때까지도 여기 있었어. 빗장을 걸어 잠그고 있었다고. 틀림없이 가까이 있을 거야. 흩어져서 찾아!"

무리는 나를 찾으려고 물건들을 들쑤셔 대며 여관 안을 요란스레 뒤졌어요. 그때 언덕 쪽에서 휘파람 소리가 휘휘 두 번 들려왔어요.

"저건 더크가 내는 소리야. 지금 바로 도망치라는 신호라고!"

한 남자가 다급히 말했어요.

하지만 퓨는 겁쟁이인 더크의 신호 따위는 무시하라고 했어요.

"종이 꾸러미를 찾아내! 그럼 우린 왕처럼 살게 될 거야! 너희 모두 겁보여서 빌에게 맞서질 못했지. 나만 빼고. 난 눈이 안 보이는데도 빌에게 맞섰다고!"

퓨는 지팡이를 마구 휘둘렀어요. 그 바람에 무리들 사이에서 한바탕 실랑이가 일어났어요. 모두 서로 으르렁거리며 싸웠지요. 그때 난데없이 밖에서 말발굽 소리와 탕탕 총소리가 났어요. 그러자 깜짝 놀란 무리는 뿔뿔이 흩어져 도망갔지요. 퓨만이 그대로 남아 있었어요.

퓨는 지팡이를 내리치며 밖으로 나와 허공에 대고 욕을 해 댔어요. 그러면서 내가 있는 곳을 지나쳐 가더군요. 곧 말 탄 사람들의 소리가 들리자 겁에 질린 퓨는 반대 방향으로 허둥허둥 달아났어요. 그러다 발을 헛디뎌 넘어졌고, 이내 말발굽에 밟혀 옴짝달싹 못 하게 되었지요.

말에 탄 사람들은 가까운 마을에서 온 한 소년과 몇몇 관리들이었어요. 그들은 서둘러 퓨가 데려온 무리를 뒤쫓았어요. 하지만 날씨가 안 좋은 데다 가파른 언덕 탓에 말이 빨리 달리지 못했어요. 부두에 다다라서 보니 놈들은 이미 도망간 뒤였지요.

어머니는 여관으로 돌아가 몸을 추슬렀어요. 반면 눈먼 남자 퓨는 그러하지 못했어요. 말발굽에 밟혀 죽어서 차디찬 시체가 되어 버렸거든요.

여관은 온통 쑥대밭이었어요. 있었던 일을 전부 감독관에게 이야기했더니 이게 다 선장의 종이 꾸러미 때문에 일어난 일이라 생각하더라고요. 우린 서둘러 판사인 리브시 선생님을 찾아가기로 했어요. 종이 꾸러미를 안전하게 보관해 두기 위해서 말이지요. 나는 감독관과 함께 말에 올라타 곧장 밤길을 나섰어요.

# 6장
## 선장의 종이 꾸러미

나는 길을 앞장선 댄스 감독관을 따라 리브시 선생님의 집까지 말을 타고 갔지만 선생님은 없었어요. 땅이 많은 큰 부자인 대지주, 트렐로니 씨의 집에 초대되어 갔다고 했어요. 우린 곧장 트렐로니 씨의 집으로 향했지요. 그리고 안내를 받아 넓은 서재로 들어갔어요. 그곳에서 리브시 선생님이 대지주와 이야기를 나누고 있었지요.

대지주 트렐로니 씨가 내게 찾아온 이유를 물었어요. 내이야기를 들은 트렐로니 씨와 리브시 선생님은 흥미로워하며 더 알고 싶다고 했어요. 어머니와 내가 여관으로 돌아갔었다는 말에 둘은 아주 기뻐하더군요.

트렐로니 씨가 방 안을 서성이며 말했어요.

"댄스 감독관, 당신은 참으로 제때 현장에 도착해서 짐 호킨스와 그 어머니를 구했소. 그러니 악랄한 그 눈먼 자가 죽었다는 것에 너무 마음 쓰지 마시오. 짐, 너도 참 장하구나."

우리는 종이 꾸러미 안에 무엇이 들었는지 보기로 했어요. 난 우선 따스한 음식을 허겁지겁 먹어 치웠어요. 댄스 감독관과 리브시 선생님은 여러 다양한 문제에 대해 이야기를 나눴어요. 그러다 대화가 이내 다시 최근에 일어난 일들로 돌아왔지요. 선생님은 트렐로니 씨에게 플린트 선장이라는 남자에 대해 들어 본 적 있는지 물었어요.

"물론이오! 세상에서 가장 악랄한 해적이었소. 모든 해적이 플린트를 두려워했지요. 트리니다드 근처에서 플린트의 배를 본 적도 있소! 하는 짓이나 성격이 비겁하고 더럽고 잔인하기로 제일가는 해적이 바로 플린트였소!"

모두들 종이 꾸러미 안에 엄청난 보물을 찾을 만한 단서가 있을 거라 생각했어요. 만약 그러하다면 트렐로니 씨는 보물섬을 향해 출항할 배 한 척을 내줄 터였어요. 그 어떤 대가를 치르더라도 말이지요. 리브시 선생님도 최선을 다해 항해 길을 도울 터였지요. 모두 한마음 한뜻으로 꾸러미를

탁자 위에 털썩 올려놓았어요.

우리는 서둘러 꾸러미를 묶고 있던 끈을 잘랐어요. 꾸러미 안에는 공책 한 권과 서류 봉투가 들어 있었어요. 공책을 먼저 들여다보기로 했어요. 리브시 선생님과 나는 공책에 적힌 수많은 숫자와 낯선 표시들이 뭔지 몰라 어리둥절했어요. 하지만 트렐로니 씨는 그게 무엇인지 단번에 알았지요.

"이건 그 뱃속 검은 해적, 플린트 선장의 비밀 장부요!"

자신들이 습격했던 배의 이름과 그곳에서 훔친 프랑스, 스페인, 영국 돈이 얼마인지가 빼곡히 쓰여 있는 장부였어요.

이내 우리는 서류 봉투로 관심을 돌렸어요. 리브시 선생님이 봉투를 뜯자 지도 한 장이 나왔어요. 경도와 위도 같은 위치 정보가 적혀 있었지요. 어느 언덕 옆에는 '망원경산'이라는 표시와 함께 '여기에 보물 왕창'이라 쓰여 있었어요. 게다가 해골섬이라 불리는 곳에 대한 정보도 있었어요.

트렐로니 씨는 기뻐서 어쩔 줄 몰랐어요. 당장 커다란 배를 띄워 보물이 숨겨진 섬을 찾아보자고 했어요.

"내가 배를 한 척 사서 선주가 되겠소. 리브시 당신은 배 위에서 진찰하는 선상 의사가 되어 주시오. 그리고 짐, 너는 선실 심부름꾼이 되거라! 내 밑의 일꾼들로 레드루스, 조이스, 헌터도 함께 데리고 가겠소."

잔뜩 신이 난 표정이 트렐로니 씨의 얼굴에 훤히 드러났어요. 그때 리브시 선생님이 단단히 부탁하며 말했어요.

"내가 가장 두려워하는 사람은 바로 트렐로니 당신이오. 입을 함부로 놀릴까 봐 걱정이구려! 이 지도를 손에 넣겠답시고 기를 쓰고 달려들 해적들이 여기저기에 있소. 배가 출항하기 전까지 결코 혼자 다녀서는 안 되오. 누구도 이 일에 대해 입도 뻥긋해선 안 되오."

리브시 선생님의 말에 트렐로니 씨는 고개를 끄덕이며 굳게 약속했어요.

## II 바다 요리사와 바닷가에서의 첫 모험

## 7장
## 모인 선원들

리브시 선생님과 트렐로니 씨는 항해 준비를 해야 했어요. 일이 무척 많았지요. 나는 사냥터지기 레드루스에게 맡겨진 채 트렐로니 씨의 집에서 지냈어요. 나는 그곳에서 보물 지도를 들여다보며 흥미진진한 상상의 나래를 펼치곤 했어요. 험한 바다를 헤쳐 나가면서 해적과 싸우는 모습도 그려 봤어요. 물론 내가 상상한 그 어떤 것도 이 여행에서 실제로 벌어진 기이하고 비극적인 일과는 비할 수가 없었지요.

어느 날 리브시 선생님과 내 앞으로 편지 한 통이 왔어요. 나는 옆에 서 있던 레드루스와 함께 편지를 열어 내용을 쓰육 훑어봤어요. 트렐로니 씨가 배를 한 척 샀다고 쓰여 있었어요. 그 배의 이름은 히스파니올라호였어요. 트렐로니 씨 말로는 우리가 곧 항해할 거라는 사실을 온 마을이 알고 있더래요. 어느 뱃사람은 트렐로니 씨에게 배에서 요리사로 일하고 싶다고 말했대요. 선원들도 여러 명 데려오겠다고 했다더군요.

"이름이 롱 존 실버라고 하더군. 나라를 지키다가 한쪽 다리를 잃었다네. 연금도 못 받는다기에 당장 고용하기로 했소. 참으로 훌륭한 사람이오. 그 사람이 있어 어찌나 다행인지!"

롱 존 실버는 '애로'라는 이름의 일등 항해사를 포함해서 훌륭한 선원들을 많이 구해서 데리고 왔대요. 편지 맨 마지막에는 기대에 잔뜩 부푼 트렐로니 씨의 마음이 묻어났어요. 내게 바다로 떠나기 전 어머니에게 하룻밤 다녀오라고 했어요.

어머니는 건강히 잘 지내고 있었어요. 트렐로니 씨의 도움으로 깨끗이 수리되고 새로이 칠해진 여관을 보니 참 기뻤어요. 트렐로니 씨는 어머니에게 심부름할 아이도 한 명 구해다 줬어요. 나 대신 와 있는 아이를 보니 눈물이 주르륵 흘렀어요. 그동안 모험할 생각에 신만 났는데 이제는 정말로 집을 떠나는구나 싶어 섭섭하기도 하고 걱정되는 마음도 들었거든요. 다음 날 아침, 여관을 나서다 문득 죽은 빌리 본스 선장이 해변을 따라 걷던 모습이 떠올랐어요. 그렇게 걷다 보니 머지않아 벤보 제독 여관이 눈에서 멀어졌지요.

우리는 마차를 타고 브리스틀로 향했어요. 이내 어수선하고 시끌벅적한 부둣가가 눈에 들어왔어요. 타르와 소금기 가득한 냄새가 코끝을 찔렀지요. 귀걸이를 한 뱃사람들, 돼지 꼬리처럼 머리를 길게 땋은 뱃사람들도 있었지요. 어떤 이들은 공작새처럼 뽐내는 걸음새를 하고 있었어요. 이제 나도 저들처럼 될 거라는 생각이 들자 너무나도 기분이 좋았어요!

우린 곧 트렐로니 씨를 만났어요. 해군 장교처럼 멋들어지게 차려입고 있었어요.

"배는 언제 출발하나요?"

내 물음에 트렐로니 씨가 힘차게 외쳤어요.

"내일 출발한다!"

# 8장
## 망원경 간판

아침 식사를 마치자 트렐로니 씨는 나더러 간판에 망원경 그림이 있는 술집으로 가서 롱 존 실버를 찾아 데려오라고 했어요. 조촐한 술집 안은 시끌벅적 쉼 없이 웃고 떠들며 노래 부르는 뱃사람들로 넘쳐 났어요. 그중 무릎 위로 한쪽 다리가 없는 남자를 보고 한눈에 롱 존 실버라는 걸 알 수 있었지요.

실버는 목발을 짚고도 날래게 껑충껑충 뛰어다녔어요. 손님들 사이에서 흥겹게 웃고 있었지요. 나는 실버가 그때 그 빌리 본스 선장이 그토록 두려워했던 외다리 사나이가 아닐까 생각했어요. 하지만 실버를 보니 빌리 본스 선장이나 눈

먼 남자 퓨, 손가락 잘린 검둥개와는 분위기가 매우 달랐어
요. 실버에게 다가가 트렐로니 씨의 편지를 건네자 내 손을
세게 잡고 흔들더니 씩 웃더라고요.

"네가 우리 선실 심부름꾼이구나!"

실버가 밝고 큰 소리로 말했어요.

바로 그때, 한 남자가 벌떡 일어나 길가로 휙 뛰쳐나갔어
요. 난 남자의 얼굴과 잘린 손가락을 보고 단번에 누군지 알
아봤어요. 그래서 나는 실버에게 방금 나간 사람이 검둥개라
고 말했어요. 검둥개가 빌리 본스 선장을 공격했던 이야기를
했지요.

"그래? 그런 못된 짓을 했으니 죗값을 치러야지!"

실버가 사람들더러 당장 검둥개를 쫓아가서 잡아 오라고
했어요. 그리고 나서 실버는 나에게 검둥개에 대해 꼬치꼬
치 캐물었어요. 실버는 술집 안을 둘러보더니 이내 검둥개
와 이야기를 나누고 있던 남자에게 물었어요. 그 남자는 검
둥개뿐 아니라 눈먼 남자에 대해서도 알려 줬어요. 이야기
를 들어 보니 눈먼 남자는 바로…… 퓨였지요!

실버는 검둥개를 찾아내 혼내 줄 생각에 꽤나 들떠 있었
어요. 자기 부하가 검둥개를 잡아 올 거라며 땅땅 큰소리쳤

지요.

"검둥개가 사람을 배 밖으로 내던지는 얘기를 하고 있었다고? 잡히기만 하면 내가 직접 배 밖으로 던져 주겠어!"

실버는 고래고래 소리를 지르더니 목발을 짚은 채로 이리저리 왔다 갔다 했어요. 검둥개를 비롯한 잔인하고 못된 사람들을 향해 저주를 퍼부었지요. 난 검둥개를 보고 나니 어딘가 찜찜한 느낌이 들었는데, 실버는 눈썹 하나 까딱하지 않았어요. 숨기는 게 전혀 없어 보였지요.

실버는 재치 있는 유머와 지혜가 가득해 보였어요. 실버는 검둥개같이 밑바닥 인생을 사는 사람들과 같은 술집에 있었다고 해서 자신을 나쁘게 생각하지 말아 달라고 했어요. 다리 한쪽이 마저 있었더라면 검둥개를 직접 잡았을 거라고도 했어요.

우린 곧장 트렐로니 씨를 만나러 함께 부둣가로 향했어요. 실버는 내게 웃으며 오래된 바다 이야기를 들려줬어요. 배의 다양한 종류와 크기, 만들어지는 방법도 설명해 줬지요. 뱃사람들이 쓰는 말도 몇 번이고 되풀이해서 가르쳐 줬어요. 나는 실버가 훌륭한 뱃사람이라고 생각했어요.

부둣가에 다다르니 리브시 선생님도 와 있었어요. 실버는 술집에서 있었던 일을 박진감 넘치게 이야기했어요. 그러면서 이야기 사이사이 내가 맞장구치길 바랐지요. 난 그저 고개만 까닥까닥 끄덕였어요. 이야기를 끝마친 실버는 술집으로 돌아갔어요. 우리는 오후 네 시에 배에 오르기로 했어요.

"음, 트렐로니 씨. 당신이 고른 사람들이 영 탐탁치는 않지만 실버만은 마음에 드는구려!"

리브시 선생님은 내게 이어 말했어요.

"자, 짐 호킨스, 이제 배를 보러 가자꾸나!"

# 9장
## 의심을 품은 선장

우린 잽싸게 항구로 발걸음을 옮겼어요. 여러 척의 거대한 배 사이에 히스파니올라호가 있었어요. 그곳에서 우린 일등 항해사인 애로를 만났어요. 귀고리를 한 데다 사팔눈이었던 터라 더욱 눈길이 갔지요. 히스파니올라호의 선장도 금세 모습을 드러냈어요. 스몰렛 선장은 만나자마자 트렐로니 씨와 리브시 선생님에게 이야기 좀 나누자고 했어요.

"음, 스몰렛 선장. 하고 싶은 말이 뭐요?"

트렐로니 씨가 물었어요.

선장은 얼굴을 찌푸리더니 돌려 말하지 않겠다고 했어요. 솔직한 말을 거침없이 하는 사람인 모양이었어요.

"선원들도 일등 항해사도 마음에 안 듭니다. 이상 끝입니다."

스몰렛 선장은 배 자체에는 불만이 없었어요. 하지만 우리가 보물섬으로 간다는 걸 모든 선원이 알고 있다고 말했어요.

"난 보물섬 탐험은 좋아하지 않습니다. 하물며 요리사의 앵무새까지 알고 있는 비밀 항해는 말할 것도 없지요. 벌써 모두가 보물에 대해 지껄이고 있단 말입니다. 어쨌든 이건 여러모로 위험한 항해가 될 겁니다."

스몰렛 선장은 불평을 늘어놓으며 곰곰이 생각하는 듯했어요. 이윽고 선장은 이번 항해가 아무리 위험해도 할 각오가 되어 있느냐고 물었어요.

"물론이오!"

트렐로니 씨의 대답을 들은 선장이 말했어요.

"그럼 좋습니다. 그렇다면 우선 무기와 화약을 따로 놓으십시오. 데리고 온 부하들은 모두 선실 옆방에서 자게 하시고요. 마지막으로, 보물 얘긴 더는 꺼내지 마십시오. 선원들이 이미 섬의 정확한 위치까지 알고 있단 말입니다. 모두 흥분 상태예요."

이 말에 트렐로니 씨는 아무에게도 보물섬에 대해 말한 적이 없다며 발끈했어요. 우린 트렐로니 씨의 말을 믿었어요. 그런데 선원들은 우리가 보물섬 탐험을 가는 줄 어떻게 알았을까요? 참으로 놀랄 일이었지요.

"누가 지도를 갖고 있든 일등 항해사, 애로를 포함해서 그 누구에게도 보여 주지 마십시오. 안 그러면 당장 그만두겠습니다."

딱 봐도 선장은 반란을 두려워하고 있었어요. 알겠다며 몇 번이나 다짐을 하는 리브시 선생님의 말에 비로소 마음을 진정시키더군요. 반면 기분이 언짢았던 트렐로니 씨는 스몰렛 선장을 똑바로 바라보며 분명히 말했어요.

"어쨌든 알겠으니 당신 말대로 하겠소. 하지만 이런다고 당신을 좋게 보는 건 아니오."

선장은 대수롭지 않다는 듯 어깨를 으쓱였어요. 이윽고 우리는 갑판에 올라 멋진 배를 살펴봤어요. 내가 누워 잠들 그물 침대와 화약과 무기가 정리된 곳도 들여다봤지요. 하지만 잠자리는 얼마 못 가 전부 바뀌고 말았어요.

실버와 다른 두 선원도 배에 올라탔어요. 잠자리와 화약의 위치가 바뀐 모습에 큰소리로 불평했어요. 선장은 눈 하나 깜짝하지 않고 그 세 명을 갑판 아래로 보냈어요.

"다른 사람은 몰라도 실버는 좋은 사람이오, 선장."

리브시 선생님의 말에도 선장은 섣불리 선원들을 믿지 않으려 했어요. 아직 어린 나한테조차도 톡 쏘아붙이며 말할 정도였으니까요. 선장은 내게 갑판으로 내려가 실버를 도우라고 했어요. 어리다고 봐주는 일 따윈 없을 거라고 덧붙이면서요. 장담하건대 그때까지만 해도 난 선장을 몹시 싫어했어요.

# 10장
## 사과 통 속에서 들은 이야기

우린 밤새도록 일을 했어요. 선원들이 주고받는 바다 이야기와 재치 있는 농담에 기분이 짜릿해졌어요. 실버는 목발을 지휘봉처럼 위로 휙 들어 올리더니 빠른 박자에 맞춰 지휘를 하며 뱃노래를 부르기 시작했어요.

"열다섯 사람은 죽은 자의 궤짝 위에……"

그러자 선원 모두가 함께 따라 불렀어요.

"요호호, 럼주 한 병!"

신나게 노래를 부르니 우리 여관에 머물던 선장, 빌리 본스가 떠오르더군요. 어느덧 우린 보물섬으로 향하고 있었어요.

항해는 기나길었어요. 히스파니올라호는 훌륭한 자태를 뽐내며 바다를 가르며 나아갔어요. 하지만 일등 항해사인 애로는 그다지 훌륭하지 못했어요. 틈만 나면 뱃멀미를 했지요. 리브시 선생님이 누워서 쉬라고 했지만, 애로는 늘 갑판 위에서 아슬아슬하게 비틀거리며 돌아다녔어요. 우리가 자주 억지로라도 침대에 눕혀야 하는 날이 많았어요. 그러던 어느 날, 애로가 자취도 없이 사라져 버렸어요.

"음, 밤중에 바다에 빠진 모양이군. 안됐지만 어쩌겠나? 그나저나 새로운 일등 항해사를 구해야겠군."

스몰렛 선장이 말했어요.

결국 실버의 오랜 친구이자 약삭빠르고 노련한 뱃사람 이즈리얼 핸즈가 일등 항해사가 되었어요.

실버는 자기 방식대로 훌륭한 뱃사람 노릇을 했어요. 행동이 빠르고 머리가 잘 돌아갔지요. 게다가 스스럼없이 남들을 잘 도와줬기 때문에 선원들이 퍽 좋아했어요. 난 실버가 요리하는 걸 도와주며 조리실에서 시간을 보냈어요. 실버와 그의 앵무새가 나의 다정한 친구가 되어 주었지요.

"요 녀석 이름은 플린트 선장이야. 그 유명한 해적의 이름을 땄지!"

실버의 말에 앵무새, 플린트 선장은 '은화 여덟 닢, 은화 여덟 닢!' 하고 쉬지 않고 외쳐 댔어요. 실버가 돛천 조각으로 새장을 가리자 이윽고 조용해졌지요. 실버는 플린트 선장이 여태껏 셀 수 없을 만큼 많은 항해를 했다고 했어요. 실버와 나는 바싹 붙어 앉아 재미있게 대화를 나눴어요.

반면 스몰렛 선장과 트렐로니 씨는 여전히 사이가 좋지 않았어요. 선장은 항해를 시작할 때부터 트렐로니 씨의 선원들을 못 미더워했지요. 또 트렐로니 씨는 그런 선장이 마음에 들지 않았어요. 그 사이에서 선원들은 가시방석에 앉은 듯 안절부절못했어요.

항해하기는 퍽 좋은 날씨였어요. 바람도 순하게 불었지요. 배에는 먹을 것도 많았어요. 갑판 위에는 사과가 가득든 커다란 통도 있었어요. 달콤한 과일이 먹고 싶으면 누구나 언제든 꺼내 먹을 수 있었지요.

사실 스몰렛 선장은 갑판 위 사과 통을 없애고 싶어 했어요. 그러나 여러분도 곧 알게 되다시피, 그 사과 통이 제 노릇을 톡톡히 했답니다. 그 통이 없었더라면 우린 이유도 모른 채 해적들의 손에 죽게 됐을지도 몰라요.

어느 날 저녁, 해가 지고 있을 때였어요. 난 사과를 꺼내 먹으려고 통이 있는 쪽으로 갔어요. 통 안은 거의 비어 있어서 바닥의 사과를 꺼내려면 속으로 기어 들어가야만 했지요. 안으로 들어가 앉아 있으니 어두컴컴해서 그런지 슬슬 졸음이 쏟아지기 시작했어요.

그런데 문득 웅얼거리는 소리가 들렸어요. 누군가 통에 몸을 기대었는데 알고 보니 실버였지요. 난 처음에는 실버를 놀래 주려고 통 안에 가만히 숨어 있었어요. 그런데 실버가 하는 이야기를 듣다 보니 두려워 몸을 덜덜 떨게 됐지요. 무시무시한 말소리가 속닥속닥 이어졌어요.

"플린트는 선장이었어. 난 배를 조종하는 키잡이였고. 그때 그 항해에서 나는 다리를 잃고 퓨는 눈을 잃게 된 거야. 배는 온통 피바다였어. 우리가 찾은 황금은 그렇게 가라앉고 말았지."

실버는 끔찍하고 잔인한 이야기를 젊은 선원에게 흥미진진한 모험담처럼 풀어내고 있었어요. 그걸 듣고 있자니 내 얼굴이 다 붉어졌어요. 그제야 내가 여태껏 바보 취급당했다는 걸 깨달았어요. 화가 나고 부끄럽기 짝이 없었지요.

"우리 같은 사람들은 말이야. 평소에는 거친 삶을 살아야하고 얻는 것도 딱히 없긴 해. 하지만 용감하게 위험 한번 무릅쓰면 떼돈을 벌 수 있어. 자잘한 동전 한 움큼을 말하는 게 아냐. 나도 시작은 딱 자네 같았지만 그렇게 바다에서 큰돈을 벌었지. 그 돈으로 뭍에 가서 큰 술집을 차렸어. 지금쯤은 아내가 술집도 팔고 내 돈을 몽땅 가져갔겠지만. 하지만 괜찮아. 우린 언젠가 다시 만나게 될 테니까. 암 그렇고말고.

아, 항해할 때면 플린트를 두려워하는 놈들이 좀 있었지. 어떤 놈들은 퓨를 무서워했고. 하지만 실버 이 몸은 모두가 벌벌 떠는 존재였지. 바다에서는 거칠기 짝이 없는 놈들이었고 악마조차도 무서워했을 그런 놈들이 모두 날 두려워했다 이 말이야. 내 자랑은 아닌데, 그러니 이 배에서 나만 잘 따르면 무서울 게 하나도 없을 거야."

실버는 끊임없이 입에 발린 말로 선원을 살살 구워삶았지요. 가만히 생각해 보니, '우리 같은 사람들'이란 해적을 뜻하는 것이었어요. 사실 실버는 해적이었던 거예요. 이윽고 핸즈가 다가와 이야기에 끼어들었어요.

"이봐 실버. 그나저나 언제까지 꾸물거리고 있을 건가? 스몰렛 선장은 이제 꼴도 보기 싫다고. 이런 제기랄!"

그러자 실버가 세게 다그쳤어요.

"보물이 있는 곳으로 데려다줄 선장에게 어디 덤벼 보지 그래, 응? 겁 없이 설쳤다간 가만 안 둘 줄 알아! 기다렸다가 내 신호에만 움직이란 말이다!"

"그런 다음에, 스몰렛 선장을 어떻게 할 건데?"

핸즈가 물었어요.

"'죽인다'에 한 표 던지지. 나는 나중에 부자가 되어 왕처럼 살게 될 텐데, 놈들이 살아남아서 내게 복수하러 오는 건 바라지 않거든. 자, 통 안에서 달콤한 사과 하나 꺼내 먹게. 내가 베푸는 걸세."

실버가 말했어요.

그 순간 나는 온몸이 얼어붙는 듯했어요. 모든 게 끝장났다는 생각이 들었지요. 도망갈까 싶었지만 꿈쩍할 힘도 없었어요. 그때 핸즈가 내 목숨을 살렸어요. 반란을 일으킬 생각을 하니 사과 따위를 먹을 겨를이 없다고 하더군요. 핸즈는 짓궂게 웃어 대는 실버를 뒤로 한 채 갑판 아래로 내려갔어요.

달빛이 갑판에 환히 비쳤어요. 바로 그때, 돛대 위에서 망을 보던 사람이 외쳤어요.

"육지가 나타났다! 섬이다!"

그 말에 선원들이 우르르 갑판으로 몰려나왔어요. 자욱한 안개 사이로 섬을 내다보려 애를 썼지요. 스몰렛 선장은 전에 이 섬을 본 사람 있냐고 선원들에게 물었어요. 놀랍게도 실버의 목소리가 크게 울려 퍼졌어요. 언젠가 한 번 간 적이 있다고 했어요. 어디다 닻을 내리면 좋을지 선장이 묻자, 실버가 똑 부러지게 대답했어요.

"저 섬은 해골섬이라는 섬인데요. 한때는 해적들의 섬이었습죠. 지금은 아니지만요. 저쪽에 있는 언덕이 앞돛대산이고 저기 큰 언덕은 망원경산입니다요. 저기서 망을 보곤 했었죠."

그러자 스몰렛 선장은 지도를 꺼내 실버에게 보여 줬어요. 앞으로 몸을 기울인 실버의 눈에서 실망하는 기색이 얼핏 스쳐 지나갔어요. 지도가 새것처럼 깨끗했기 때문이에요. 보물이 있는 곳을 알려 주는 그 어떤 빨간 십자 표시도 무어라 적혀 있는 글씨도 없었지요. 실버는 어디다 닻을 내리면 좋을지 지도 위를 가리키며 알려 주었어요. 그러고는 이곳까지 빠르고 안전하게 배를 이끌어 주었다며 선장에게 듣기 좋은 소리를 했지요.

난 실버가 무섭기 짝이 없었어요. 어느덧 실버가 내 쪽으로 슬금슬금 다가오더군요. 난 몸이 부들부들 떨렸어요.

"오, 꼬마 녀석아. 이 섬 말이야, 정말 멋진 곳이란다. 내가 점심을 싸 줄 테니까 함께 가서 탐험을 하자꾸나. 너만할 때 왔던 기억이 나네."

실버는 내 어깨를 찰싹 치더니 곧바로 자리를 떴어요. 난 서둘러 리브시 선생님에게 다가가 무언가 끔찍한 일이 일어났다고 속삭였어요. 무슨 구실을 만들어서 스몰렛 선장과 트렐로니 씨와 함께 갑판 아래로 내려간 다음 나를 불러 달라고 했지요. 선생님은 꾸물거리지 않고 곧바로 선장에게 상황을 설명했어요. 스몰렛 선장은 이내 선원들을 전부 갑판으로 불러 모았어요.

"봐라, 저 섬이 바로 우리의 목적지다. 여기까지 온 기념으로 트렐로니 씨가 선원 모두에게 오늘과 내일 식량을 두 배로 늘려 주시기로 했다. 섬에 가기 전에 든든히 먹고 기운을 차려야 하니까 말이야. 자. 즐기자고!"

선장의 말에 실버가 앞장서서 선원들로부터 환호를 끌어냈어요. 선원들이 흥청망청 노는 사이, 리브시 선생님과 트렐로니 씨, 스몰렛 선장은 이내 갑판 아래로 향하면서 내게 따라오라고 했지요.

"음, 짐. 무슨 일이냐? 이야기해 보거라."

트렐로니 씨가 말했어요.

난 있었던 일을 전부 털어놓았어요. 셋은 날 앉혀 놓고는 등을 톡톡 두드리며 그간의 모든 일을 겪느라 고생했다고 말해 줬어요.

"내가 어리석었소."

트렐로니 씨가 자신의 경솔함을 인정하자 스몰렛 선장도 말했어요. 열심히 일하는 선원들 모습에 깜빡 속았다고 말이지요. 세 사람은 실버와 그가 데려온 선원들 대부분이 해적이라는 걸 알았어요. 이제 배 위에 믿을 만한 사람이 몇이나 남아 있는지 알아내야 할 때가 되었어요. 따져 보니 우리 네 사람과 트렐로니 씨가 데려온 세 명을 합쳐 불과 일곱뿐이었어요.

"해적이 아닌 선원이 더 있는지, 또 누군지 알려면 기다리는 수밖에 없겠소. 모르는 척하면서 가만히 두고 봅시다."

"짐, 너를 믿는다. 중요하다 싶은 건 다 알아내거라."

트렐로니 씨가 말했어요.

난 무서워 어찌할 바를 몰랐어요. 확실한 우리 편은 일곱뿐이었고, 저쪽은 열아홉 명의 건장한 해적들이었으니까요.

# 11장
## 기슭에서 시작된 모험

다음 날 아침이 되자 섬은 퍽 달라 보였어요. 어마어마한 회색빛 숲에 황금빛 모래사장이 길게 나 있었어요. 가장 높은 망원경산을 비롯해 세 개의 언덕이 도드라져 보였어요. 그 모든 것들을 보니 두려운 마음이 밀려들었어요. 새삼스럽게 뱃멀미가 나고 토할 것만 같았어요. 모험 따윈 망했다고 생각했지요. 이제는 보물섬 생각만 해도 넌더리가 났어요.

우리는 뜨거운 하늘 아래에서 말없이 일했어요. 그러다 어느 순간, 선원들은 갑자기 부루퉁해지더니 심술궂게 굴었어요. 그러자 실버가 선원들을 달래느라 무척 애를 썼어요. 곧 반란이 일어날 게 불 보듯 뻔했지요.

배는 닻을 내릴 만한 해안가로 가까이 다가갔어요. 들리는 거라고는 그저 파도가 철썩철썩 부딪히는 소리뿐이었지요. 이제 나와 리브시 선생님, 트렐로니 씨, 스몰렛 선장의 눈에 실버가 안절부절못하고 있다는 게 훤히 보였어요. 우린 또다시 은밀히 만나 어떻게 하면 좋을지 방향을 정했어요.

"내가 선원들에게 무슨 명령이라도 내렸다가는 반란이 일어날 겁니다. 그렇다고 명령을 안 내리면 실버가 뭔가 이상하다고 생각할 거고요. 그렇게 되는 날엔 끝장입니다."

스몰렛 선장이 말했어요.

"음, 그럼 어쩌면 좋겠소?"

트렐로니 씨가 물었어요.

"오후에 선원들에게 섬으로 가라고 해 봅시다. 선원들이 전부 실버 편이라면 우린 반드시 배를 차지해야 할 테니까요. 만약 아무도 가지 않는다면 선실을 지키는 수밖에요. 몇 명만 간다면 장담하건대 실버가 시키는 대로 고분고분 돌아올 겁니다. 순한 양처럼 말이지요."

선장이 답했어요.

선장 말대로 해 보기로 결정한 우리는 우리 편이 확실한 헌터와 조이스, 레드루스를 작전에 끌어들이고는 권총 한 자루씩을 나눠 줬어요. 선장은 갑판으로 올라가더니 선원들에게 자유 시간을 주겠노라 큰 소리로 알렸어요.

"원하는 사람은 저 섬에 가도 좋다. 해가 지기 삼십 분 전에 대포를 쏴서 돌아오라는 신호를 보내겠다."

그러자 선원들은 섬에 가기만 하면 당장 보물을 찾을 수 있을 것처럼 좋아했어요. 풀 죽어 있던 모습은 온데간데없고 밝고 기운차 보였어요. 말을 마친 스몰렛 선장은 서둘러 선실로 내려갔어요. 아니나 다를까, 실버는 마치 선장이라도 된 듯 선원들을 한데 모았어요.

실버가 해적이며 반란을 일으키려 한다는 걸 모른 채 실버를 따르는 선원들도 있을 거예요. 그들은 그저 미련퉁이 아니면 게으른 이들일 테지요. 일하지 않고 편히 지내려다 잘못된 길로 빠져드는 거예요. 어쨌거나 죄 없는 사람들을 죽이고 배를 차지하려는 잔인한 계획에 저도 모르게 발을 담그게 되는 것이었지요. 결국 우리 편이 아닌 선원들 열아홉 명 중 열세 명은 섬으로 갔고 여섯 명은 배에 남아 있었어요.

용감해서인지 멍청해서인지는 모르겠지만 난 섬으로 가

는 보트에 몰래 숨어 타기로 마음먹었어요. 실버가 탄 보트
는 아니었지요. 그런데도 실버는 미끄러지듯 슬쩍 올라타는
나를 보고는 연신 내 이름을 불러 댔어요.

해변에 도착하자마자 난 보트에서 폴짝 뛰어내려 후다닥
나무 사이로 들어가 숲속으로 몸을 감췄어요. 후회가 밀려
들긴 했어요. 그런데도 달리고 또 달렸지요. 달릴 수 없을
때까지.

# 12장
## 섬사람

　실버를 따돌리고 나니 기분이 짜릿하지 뭐예요. 나는 섬
을 탐험하기에 나섰어요. 기이한 볼거리가 넘쳐 났어요. 내
또래라면 누구나 가질 만한 상상력과 호기심이 다 채워지고
도 남을 정도였어요. 하나하나 다 기억이 나면 좋을 텐데 아
쉽네요. 그때는 어린 마음에 난생처음 보는 생생한 색깔과
모습들에 둘러싸여 정신을 차릴 수가 없었어요. 그저 눈앞
에 맞닥뜨린 희한한 식물과 나무를 몽땅 구경하는 데만 한
달을 보내도 될 것 같았어요.

　나는 습지대를 가로질러 걸어 나갔어요. 버드나무와 성경
에서나 봤던 부들이 한가득 한들한들 흔들리는 곳이었어요.

늪에는 특이한 모양의 나무가 우뚝 솟아 있었어요. 그곳을 지나자 물결 모양의 모래벌판이 넓게 뻗어 있었어요. 소나무와 더불어 자줏빛이 감도는 것만 빼면 떡갈나무와 똑 닮은 배배 꼬인 나무도 눈에 들어왔어요. 울퉁불퉁 바위투성이인 높다란 언덕 꼭대기가 멀리 보였어요. 눈부신 태양빛을 한 몸에 받아 반짝반짝 빛나고 있었지요.

그쯤 되니 마치 탐험가가 된 듯한 기분이 들기 시작했어요. 마음이 홀가분해지더니 기쁨으로 가득 찼어요. 눈앞에 놓인 수많은 위험이 머릿속에서 싹 사라졌어요. 이곳은 그야말로 무인도였어요. 선원들도 주변에 없었지요. 내 앞에는 그저 다가가면 몸을 숨기느라 이리 뛰고 저리 날아가는 낯선 새와 동물뿐이었어요. 거북이들도 있었어요. 등껍질이 어찌나 큰지 마치 욕조처럼 보이는 거북이도 있었고요. 꿈에서나 볼 법한 그런 크기와 모양의 마법 같은 꽃식물도 있었어요.

갑자기 부들 사이로 바스락거리는 소리가 들렸어요. 야생오리 한 마리가 꽥꽥거리며 날아올랐어요. 그러자 한 마리 또 한 마리가 그 뒤를 따랐어요. 이윽고 습지 위로 새 떼가 구름처럼 모여들어 시끄럽게 짹짹 울어 대며 하늘을 빙글

빙글 날았어요. 선원들이 가까이 다가오고 있는 게 틀림없었어요. 나는 냅다 뛰어 늪에서 가장 가까운 나무 뒤에 숨어 몸을 웅크렸어요. 쥐 죽은 듯 가만히 기다렸지요. 그때 여러 목소리가 웅얼웅얼 들렸어요. 그중 하나는 실버의 목소리였지요. 나는 두려움을 뒤로한 채 선원들이 하는 이야기를 들으려고 가까이 기어갔어요.

"자넨 금쪽처럼 값진 사람이야. 그래서 말인데, 계획을 바꿀 순 없으니 자네가 마음을 바꾸는 수밖에. 함께하는 것만이 자네 목숨을 살리는 길이라고. 자 어서 톰, 자네한테 이런 얘기를 하고 있다는 걸 저들이 알면 난 어찌될 거 같나?"

"실버, 자넨 빠져나갈 구멍을 만들어 놨을지 몰라도 난 아냐. 반란은 무슨 반란이야? 난 싫어! 아아, 저 배에 타지 말았어야 했는데……."

톰이 말했어요.

그때 난데없이 분노에 차서 울부짖는 소리가 해변 쪽에서 들려왔어요. 이내 무시무시한 비명 소리가 이어졌어요. 그 소리는 망원경산 바위 사이사이로 울려 퍼졌어요. 화들짝 놀란 새 떼가 퍼드덕 날아올랐어요. 그건 분명 사람이 죽을 때 내는 비명이었어요.

톰이 벌떡 일어나 물었어요.

"무슨 소리지?"

"저거, 아마 앨런일 거야."

실버가 답했어요.

그러자 톰이 울부짖듯 말했어요.

"앨런이라니! 고이 잠들길. 실버, 자넨 더 이상 내 동료가 아니야. 나도 죽이겠군그래. 죽을 때 죽더라도 그냥은 못 죽어. 자네가 앨런을 죽이라고 시켰지? 어디 나도 죽일 테면 죽여 보라고!"

톰은 말만 그렇게 하고는 급히 도망쳤어요. 외다리인 실버가 쫓아올 수 없으리라 생각한 것 같았어요. 하지만 실버는 가만히 몸을 뒤로 기울여 목발을 겨누더니 휙 던졌어요. 목발이 공중을 날아가더니 그 끝이 톰의 등짝 한가운데를 탁 맞혔어요. 톰은 외마디 소리를 지르며 쓰러졌어요. 얼마나 다쳤는지는 알아낼 겨를이 없었지요. 실버가 곧바로 톰에게 다가가 칼을 꺼내 두 차례 쿡쿡 찔러 목숨을 끊었거든요.

실버가 숨을 헐떡이더군요. 난 충격을 받았지만 기절하지 않으려고 안간힘을 썼어요. 그사이 실버는 칼에 묻은 피를 쓱 닦았어요. 그 장면이 머릿속에서 자꾸만 맴돌았어요. 실버가 호주머니에서 호루라기를 꺼내 들더니 휙휙 두 번 불었어요. 당장에라도 해적들이 달려올 참이었지요. 죄 없는 사람을 둘씩이나 죽인 이들이 나라고 죽이지 않을 리가 있겠어요? 난 얼른 뒤쪽으로 기어갔어요. 큰 소리로 외치는 해적들의 목소리가 왕왕 귀에 들어오더라고요.

나는 몸을 돌려 덤불 사이로 냅다 달려갔어요. 무서워 죽을 것만 같았어요. 배로 돌아가면 저들을 만나게 될 텐데 어떡하면 좋을까요? 아무리 생각해 봐도 배로 돌아갔다가는 내 목을 비틀 게 틀림없었지요. 난 마음속으로 작별 인사를 건넸어요. 히스파니올라호에게, 리브시 선생님에게, 트렐로니 씨에게 그리고 스몰렛 선장에게요. 내게 남은 건 굶어 죽기 아니면 해적들 손에 죽기, 둘 중 하나였지요.

어쨌거나 난 서둘러 수풀 사이로 뛰어들었어요. 작은 언덕 기슭에 다다를 때까지 힘껏 내달렸지요. 심장이 쿵쾅쿵쾅 뛰었어요. 그때 불현듯 저 너머로 그림자 하나가 움직였어요. 나는 소스라치게 놀라 온몸이 얼어붙었어요. 등을 바짝 구부린 그림자가 내 옆을 휙 지나가는 모습을 꼼짝없이 지켜봤지요. 사람인지 원숭이인지 알 턱이 없었어요. 난 또다시 달렸어요. 그런데 그림자가 덤벼들더니 앞을 가로막지 뭐예요. 실버의 그림자는 아니었어요. 그때 마침 내게 권총이 있다는 게 떠올랐어요. 그래서 난 당차게 그림자와 맞섰어요. 그러자 남자 하나가 수풀 밖으로 나와 내 쪽으로 걸어왔어요. 그림자의 주인이었어요.

"누구세요?"

나는 벌벌 떨며 물었어요.

"벤 건."

어색한 목소리로 남자가 답했어요.

"난 벤 건이야. 불쌍한 사람이지. 넌 내가 삼 년 만에 만난 사람이야!"

이제 보니 아무리 볕에 검게 그을리고 수염이 덥수룩해도 나와 똑같은 사람이었어요. 입술은 갈라져 있었고 낡은 돛 천 조각으로 만든 누더기 옷을 걸치고 있었지요. 나는 혹시 폭풍우에 배가 부서져서 홀로 남은 거냐고 물어봤어요.

"아니, 고립됐어!"

남자가 답했어요.

예전에 들어 본 적 있는 단어라 무슨 뜻인지는 알고 있었어요. 뱃사람들 용어로 '고립'이란 뭔가 잘못한 사람에게 내려지는 끔찍한 벌이었어요. 외딴섬에 버려진 채 홀로 살아

나가야 했지요. 벤은 염소 고기와 나무 열매, 굴만 먹고 살아온 이야기를 들려줬어요. 한 번만이라도 다시금 치즈를 먹을 수 있기를 오래도록 꿈꿔 왔다고도 했어요.

"음, 배에 치즈가 있어요!"

벤에게 내 이름을 말해 줬더니 정신 나간 듯한 미소를 씩 짓고는 엄청난 비밀을 들려줬어요.

"짐, 난 여기서 이렇게 살고 있지만 실은 부자란다!"

벤이 쉬잇 소리를 내며 낮게 말했어요.

벤은 나도 부자로 만들어 주겠다는 말을 하고 또 했지요. 그러더니 문득 얼굴을 찡그리며 내가 말한 배가 혹시 플린트의 배인지를 물었어요. 그때 갑자기 벤에게 믿음이 가더라고요. 그래서 내가 타고 온 배는 히스파니올라호이고 해적 플린트는 죽었다고 털어놓았어요. 하지만 히스파니올라호의 선원 대부분은 알고 보니 플린트의 부하였다고 말했어요. 지금은 반란을 일으킨 데다 살인까지 저지르고 있단 말도 덧붙였어요.

벤이 깜짝 놀라 버벅거렸어요.

"설마…… 외다리 사내?"

"네, 실버가 두목이에요."

벌벌 떠는 벤을 보며 내가 답했어요. 그러고는 그간 있었던 일을 전부 들려줬지요.

"혹시 내가 도와주면 대지주 양반이 날 데리고 가 줄까? 여기 있는 보물 중에서 천 파운드쯤은 내 몫으로 주고?"

벤이 물었어요.

난 당연히 트렐로니 씨가 그리할 거라고 말했어요. 벤은 플린트가 부하 여섯과 함께 보물을 묻으러 섬으로 갔을 때 자신은 선원들과 배에 남아 있었다고 털어놓았어요. 플린트는 제 손으로 같이 간 여섯 명을 다 죽이고 혼자 배로 돌아왔어요. 보물을 어디 묻었는지 자기만 알고 있으려고 그랬지요.

삼 년 뒤, 벤은 다른 배를 타고 이 섬으로 돌아왔어요. 벤과 선원들은 섬에 내려 보물을 찾기 시작했고, 삼 일 동안이나 찾아봤지만 허탕이었어요. 결국 화가 잔뜩 난 선원들은 욕을 퍼붓고는 잘 먹고 잘 살라며 벤을 섬에 버렸대요. 총 한 자루, 곡괭이와 삽만 남겨 두고요.

"가서 대지주한테 전해 줘. 고향과 치즈를 그리워했다고. 그렇지 않은 날에는 보물에 정신이 팔려 있었다고 말이야. 그러면 관심 있어 할 거야."

벤이 말했어요.

난 물론 그리하겠지만 지금으로선 배로 돌아갈 방법이 없다고 했어요.

벤이 바닷가를 가리켰어요.

"음, 만약의 경우를 대비해서 작은 보트를 하나 만들어 놨지. 기슭을 쭉 따라가다 보면 하얀 바위가 있는데 그 옆에다 숨겨 놨어."

바로 그때, 팡 하는 대포 소리와 탕탕 총소리가 허공에 울려 퍼졌어요. 해는 아직 높이 떠 있었어요. 배 위에서 싸움이 시작된 게 분명했어요. 우린 눈에 띄지 않도록 몸을 바짝 낮췄어요.

그때, 벤이 멀리 떨어진 곳을 가리켰어요. 그곳엔 영국 국기가 바람에 펄럭이고 있었지요.

# Ⅲ 요새

## 13장
## 리브시 선생님의 이야기 : 배는 어떻게 되었는가

그날 오후, 실버와 그 부하들이 탄 보트 두 척이 섬으로 갔습니다. 나는 스몰렛 선장, 트렐로니 씨와 함께 앉아서 문제에 대해 이야기를 나눴습니다. 그러면서도 배에 남아 있는 여섯 명의 선원들에게서 눈을 떼지 못했지요. 놈들은 저 멀리 앉아 엉큼스레 계략을 꾸미고 있는 것 같았습니다. 그때 갑자기 헌터가 오더니 꼬마, 짐 호킨스가 섬으로 가버렸다고 하더군요. 너무 놀라 세상이 무너져 내리는 것 같았습니다.

우린 짐이 걱정됐습니다. 의논 끝에 당장 헌터와 내가 섬으로 가 상황을 살펴보기로 했지요. 우린 섬에 도착한 뒤, 일단

지도에서 봤던 요새로 곧장 향했습니다. 가서 보니 통나무집과 샘물이 있고 높다란 울타리가 있는 것이 튼튼하고 안전해 보이더군요. 요새로 쓰기에 완벽한 곳이었습니다. 바로 그때, 섬 어딘가에서 누군가의 비명 소리가 들렸습니다. 문득 짐 호킨스일지도 모른다는 생각이 들었습니다. 우린 걱정이 되어 안절부절못했습니다.

우린 부리나케 다시 히스파니올라호로 노를 저어 돌아갔습니다. 배에 있는 사람들도 비명 소리를 듣고 놀란 게 틀림없었습니다. 트렐로니 씨는 섬에 간 선원들 중에서 누군가 반란에 반대하는 것 같다고 그러더군요.

우린 서둘러 레드루스에게 총을 쥐어 주고는 선실 사이에 있는 조리실로 보냈습니다. 조이스와 나는 헌터가 준비해 놓은 보트에 재빨리 화약과 총, 비스킷, 돼지고기가 든 통과 의약 상자를 실었습니다. 선장은 마지막으로 실버의 동료인 핸즈에게 말했습니다.

"핸즈! 먼저 움직이는 사람한테 쏘기로 하지."

그러자 주변에 있던 선원들이 화들짝 놀라 냅다 갑판 아래로 몸을 피했어요. 하지만 그곳에는 레드루스가 총을 겨누고 있었지요. 선원들은 얼른 몸을 돌려 도로 위로 올라왔지만 이번에는 선장이 든 총에 겁을 잔뜩 먹고는 몸을 납작 엎드렸습니다. 그사이 필요한 물건을 다 실은 우리는 보트에 탄 다음 섬으로 향했습니다.

곧 우리는 아까 봐 둔 요새에 다다랐습니다. 조이스가 망을 보고 우리는 쉼 없이 보트의 물건을 요새로 실어 날랐습니다. 그런 다음 우린 또다시 히스파니올라호를 향해 노를 저었습니다. 필요한 물건을 한 번 더 가져오기 위해서였지요.

히스파니올라호에 도착한 우리는 우선 최대한 많은 총을 챙긴 뒤 나머지는 바다에 버렸습니다. 바닷속에 총이 와르르 가라앉았습니다. 문득 여기저기서 외치는 해적들의 목소리가 섬에서 들려왔습니다. 우리에게 주어진 시간은 이제 끝이 난 것이지요. 그때, 마음이 다급해진 스몰렛 선장이 갑판 아래에 있던 선원 하나를 부르더군요.

"에이브러햄 그레이, 자네에게 말하겠다. 난 자네가 저들과 같은 해적이라고 생각하지 않는다. 삼십 초의 시간을 주겠다. 함께 가자. 자네를 위해 지금 나와 여기 있는 동료들이 목숨을 걸고 있잖은가."

선장의 말이 끝나기가 무섭게 해적과 그레이 사이에 싸움이 벌어졌습니다. 이내 얼굴에 상처를 입은 그레이가 우리

쪽으로 달려오더군요. 우린 다 함께 보트에 뛰어들어 섬을
향해 나아갔습니다.

*

이번에는 섬으로 가는 길이 무척이나 느렸습니다. 사람은
다섯뿐인데 보트에 실린 짐이 너무나도 많았지요. 뿐만 아
니라 파도도 셌습니다. 당장이라도 바닷물에 휩쓸려 빠져
죽을 수도 있었습니다.

그때 선장이 외쳤습니다.

"앗! 대포를 쏘면 어쩌지?"

배 위에 있던 대포가 그제야 떠오르더군요. 갑판 위에 탄
약이 버젓이 놓여 있었지요. 뒤를 돌아보니 해적 다섯이 우
리 쪽으로 총을 겨누고 있었습니다. 심장이 얼어붙는 듯했
습니다.

"맙소사! 핸즈는 플린트 선장의 포수였어요. 대포를 아주
잘 쏘아 맞힌다고요!"

그레이의 말에 마음이 철렁 내려앉았어요. 다음 순간, 우
리 모두는 최고의 사격수인 트렐로니 씨를 바라봤어요. 그
러자 트렐로니 씨는 벌떡 일어나더니 히스파니올라호를 향
해 소총을 겨눴습니다. 총알이 탕 날아가자 핸즈가 몸을 휙

수그리더군요. 그 바람에 뒤에 있던 놈이 총에 맞았지 뭡니까. 바로 그때 해변에서 외치는 소리가 나더니 해적들이 총구를 겨누며 바다를 향해 달려 나왔습니다. 몇 놈들은 보트 두 척에 올라타고, 몇 놈들은 다른 방향으로 뛰어가더군요. 우리는 서둘러 다른 쪽 해변을 향해 노를 저었습니다.

어쨌거나 지금은 보트를 타고 물결을 거슬러 오는 해적들보다 당장 대포가 걱정이었습니다. 놈들이 서둘러 탄약을 채워 넣고 있었거든요. 트렐로니 씨가 다시 장전을 끝냈을 땐 놈들도 대포 발사 준비를 마쳤습니다.

트렐로니 씨가 방아쇠를 당기자 해적들도 대포를 쐈어요. 이미 섬 깊숙한 곳에 있는 짐에게도 들릴 만큼 대포 소리가 엄청 크게 났습니다. 작은 총알이 머리 위로 휙휙 날아가는 소리도 들렸습니다. 정신없는 상황 속에서 보트가 마구 흔들렸습니다. 그 바람에 보트 앞부분이 물속으로 가라앉았지요.

트렐로니 씨와 나는 재빨리 보트 밖으로 나와 얕은 바닷물에 선 채 총을 물 위로 치켜들었습니다. 하지만 나머지 세 명은 짐짝과 함께 물속에 빠지고 말았습니다. 그 바람에 물에 빠진 총들은 전부 못쓰게 되었습니다. 이제 우리에게는 총이 달랑 두 자루밖에 없었어요. 그때, 엎친 데 덮친 격으로 근처에서 해적들의 목소리가 들리더군요. 우린 얼른 그 자리를 피해야 했어요. 우리의 피난처가 될 요새마저 빼앗길까 봐 두려웠습니다.

우린 얕은 바다를 헤치며 걸어 나갔습니다. 화약과 짐짝 절반이 작은 보트와 함께 초라하게 바닷속으로 가라앉고 말았습니다.

# 14장

## 계속되는 이야기 : 첫날의 싸움이 끝나다

우린 당장 요새로 뛰어갔습니다. 발걸음을 옮길 때마다 해적들이 바짝 쫓아오는 소리가 들렸지요. 트렐로니 씨가 총을 어깨까지 들어 올려 해적들 쪽을 향해 총구를 겨눴습니다. 나는 뒤돌아 그레이에게 칼을 줬습니다. 그레이가 손에 침을 퉤퉤 뱉더니 칼을 받아 들고는 휘두르더군요. 그러자 씽씽 바람을 가르는 날카로운 소리가 났습니다.

우리는 가까스로 요새에 도착했습니다. 그때 뒤에 쫓아오던 해적들도 모습을 드러내며 우리 쪽으로 다가왔어요. 그런데 갑자기 놈들이 멈춰 서더군요. 트렐로니 씨와 나는 총을 발사했습니다. 바로 그때 헌터와 조이스도 요새에서 총을 쐈지요. 심장에 총을 맞은 해적 하나가 쓰러져 죽었습니다. 나머지는 부랴부랴 흩어져 도망갔습니다.

이겼다는 기분이 들 무렵 총소리가 탕 울려 퍼졌습니다. 레드루스가 풀썩 쓰러지더군요. 딱 봐도 죽어 가고 있었습니다. 해적들이 뒤로 물러난 틈에 불쌍한 레드루스를 얼른 요새로 데리고 왔습니다. 트렐로니 씨가 간절히 기도했지만 레드루스는 그 자리에서 죽고 말았습니다.

스몰렛 선장이 자질구레한 물건들로 가득 차 있던 호주머니를 비우더군요. 펜과 밧줄, 잉크, 담배, 항해 일지와 영국 국기가 나왔습니다. 선장은 통나무집 지붕으로 기어 올라갔습니다. 레드루스의 죽음으로 밀려드는 괴로운 마음을 부여잡은 채 꺾인 나뭇가지 끝에 영국 국기를 걸어 매달았습니다.

아래로 내려온 스몰렛 선장이 내게 물었습니다. 혹여 우리가 돌아가지 못하면 구조선이 오는 데 얼마나 걸릴 것 같냐고 말이지요. 아마 여러 달 걸릴 거라고 말해 줬습니다. 그러자 선장은 먹을 음식이 얼마 없다며 덧붙였어요.

"짐짝들을 반이나 잃어서 안타깝군요. 곤란하게 됐어요."

바로 그때, 대포 터지는 소리가 나더니 요새에서 좀 거리가 있는 곳에 포탄이 탕 떨어지는 소리가 들렸습니다. 해적들이 요새를 향해 대포를 쏜 거예요.

"오호! 어디 쏴 보시지. 그쪽에서는 절대 우릴 맞히지 못한다고. 탄약은 탄약대로 다 쓰게 될 테니 결국 우리한테는 좋은 일이지."

선장의 말이 떨어지기가 무섭게 대포가 또 팡팡 터졌습니다. 하지만 부질없는 짓이었지요. 놈들은 저녁 내내 똑같은 짓을 하고 또 했습니다.

그날 늦은 밤, 그레이와 헌터가 얕은 물가에 빠뜨렸던 짐짝을 가져오겠다며 나섰습니다. 그 짐짝 안에 식량이 들어 있었거든요. 가 보니 그곳은 썰물이 빠져 모래사장만 남아 있는 상태였지만 짐짝은 없었어요. 실버 일당이 이미 다 가져가 버리고 난 뒤였으니까요.

스몰렛 선장은 상황을 일지에 기록하기 시작했습니다.

'알렉산더 스몰렛, 선장. 데이비드 리브시, 선상 의사. 에이브러햄 그레이, 선박 수리공. 존 트렐로니, 선주. 존 헌터와 리처드 조이스, 선주의 부하이자 풋내기 선원. 그리고 남은 건 열흘 치 식량. 톰 레드루스, 총에 맞아 사망. 짐 호킨스······.'

선장이 일지를 다 써 갈 무렵 기쁨에 찬 함성이 들려왔습니다. 밖으로 뛰쳐나가 보니 때마침 짐 호킨스가 성한 몸으로 요새 울타리를 기어 넘어오고 있지 뭡니까.

# 15장
## 짐이 이어받은 이야기 : 요새 지킴이

섬사람 벤은 펄럭이는 깃발을 보자마자 나를 앉혀 놓고는 저 요새에 우리 편이 있을 거라고 했어요. 하지만 내가 보기에는 해적들이 있을 것 같다고 대꾸했지요. 그러자 벤은 해적이라면 영국 국기가 아니라 무시무시한 해적 깃발을 걸어 놨을 거라 했지요. 검은색 바탕에 하얀 해골과 넓적다리뼈 두 개가 엇갈려 그려진 그 유명한 깃발 말이에요.

"저긴 플린트 선장이 직접 지은 곳이야. 플린트는 그 누구도 두려워하지 않았어. 실버만 빼고!"

"음, 그러면 함께 저기로 가요. 실버가 우릴 찾기 전에요."

하지만 아무도 믿질 못했던 벤은 가려 하지 않았어요. 오히려 내게 불쑥 약속 하나만 해 달라 했지요. 제안할 것이 있으니 내일 우리 편 사람을 이쪽으로 보내 달라고 했어요. 혹시 모르니 하얀색 손수건을 들고 와야 한다고 말했지요.

"혹시 실버와 마주치게 되거든 이 섬에 벤 건이 있다는 걸 절대 모르게 하거라. 알게 됐다간 우리 모두 끝이야!"

난 알겠다고 말했어요. 바로 그때 포탄이 쿵 소리를 내며 옆에 떨어졌어요. 우린 각자 다른 방향으로 흩어졌어요. 벤도 제 길을 따라 달음질하며 갔지요. 포탄 소리가 이어졌어요. 저들이 나를 쫓고 있는 게 틀림없었어요. 이윽고 빈터에 다다르자 히스파니올라호가 보였어요. 돛대 높이 해골 깃발이 펄럭이고 있었지요.

반대편 해변을 바라보니 그곳에서 해적들이 무얼 하고 있는지 보였어요. 작은 보트를 마구 부수더니 활활 타오르는 모닥불에 휙휙 던지고 있었어요. 자그마한 보트를 타고 히스파니올라호까지 앞뒤로 노를 저어 가야 할 사람들이 오히려 보트를 부수며 노래를 부르는 꼴이라니 한심하기 짝이 없었어요. 나는 사람을 마구 죽이고도 잘못인 줄 모르는 짐승 같은 저들의 모습에 속이 메슥거렸어요.

지금이 바로 요새로 가기 딱 좋은 때였어요. 가는 길에 벤이 보트를 숨겨 뒀다던 하얀 바위가 눈에 들어왔어요. 나중에 혹시 필요할지 모르니 위치를 머릿속에 잘 기억해 뒀지요. 쉬지 않고 걷고 또 걸었어요. 그러다 마침내 우리 편이 모여 있는 요새 울타리를 넘어갔지요.

나는 드디어 우리 편 사람들을 만났어요! 서로의 안부를 물은 뒤, 나는 그동안 있었던 일을 털어놓았어요. 그런 다음 통나무집을 찬찬히 둘러봤어요. 불을 피워 놓은 탓에 연기가 자욱했어요. 칼에 베인 곳을 붕대로 칭칭 감은 채 누워 있는 불쌍한 그레이, 그리고 한쪽 구석 깃발 아래에 누인 레드루스의 차가운 시체에 무척 마음이 무거웠어요.

다행히 스몰렛 선장이 내게 정신이 쏙 빠질 정도로 잡일을 많이 시켰어요. 땔감을 모으고 레드루스를 묻을 무덤을 파게 했지요. 나는 일하는 틈틈이 리브시 선생님한테 벤 이야기를 전해 줬어요. 이야기를 다 들은 선생님은 벤에게 줄 특별한 것을 가지고 있다고 했어요.

"내 손수건 안에 말이다. 이탈리아에서 온 파르메산 치즈 한 조각이 있단다. 그걸 벤에게 주면 되겠구나."

벤이 무척 좋아할 것 같아 나는 기분이 나아졌어요.

잠시 뒤, 우린 모여서 회의를 했어요. 해적들이 몇 명일지

따져 세어 보니 열다섯 뿐이었어요. 먼저 섬에 왔던 선원들 중 두 명이 실버와 해적들에게 죽임을 당했고, 요새 근처에서 한 명이 죽었고, 배에서 포탄에 맞은 한 명 역시 죽을지도 모를 일이었어요. 머지않아 날씨와 모기의 영향을 받게 될 터였어요. 그러면 해적들은 곧 심한 병에 걸려 수가 줄어들지도 몰랐어요. 그쪽엔 의사가 없으니까요. 우리에게 희망은 있었어요.

"어쩌면 도로 바다로 나아가 해적질하자고 마음먹을지도 모르오. 그럼 적어도 우린 안전할 수 있겠지요."

리브시 선생님이 말했어요.

스몰렛 선장이 툴툴거리기는 했지만 우리 모두는 차라리 배를 해적들에게 줘 버리는 게 나을 수도 있다는 걸 알고 있었어요.

그때, 밖에서 어떤 목소리가 크게 들려왔어요.

"이보시오! 실버가 하얀 깃발을 들고 왔습니다!"

난 얼른 벽으로 달려가 두 눈을 비빈 다음 구멍 사이로 내다봤어요.

*

두 사람이 보였어요. 그중 한 명은 정말로 하얀 깃발을 흔들고 있는 실버였어요.

"거기 누구냐?"

스몰렛 선장이 외쳐 물었어요.

"이야기 좀 나눌까 해서 실버 선장이 왔소이다!"

실버가 큰 소리로 답했지요.

스스로를 선장이라 부르는 실버의 말에 스몰렛 선장은 코웃음을 쳤어요. 스몰렛 선장은 무기 없이 온다면 만나 주겠다고 실버에게 말했어요. 이내 실버가 울타리를 풀쩍 뛰어넘더니 목발을 짚으며 천천히 언덕을 올라 우리 쪽으로 걸어왔어요. 보아하니 멋들어진 파란 외투를 입고 있었지요. 머리에는 주름 장식이 달린 모자를 삐딱하게 쓰고 있었고요.

울타리 안으로 들어오긴 했지만 스몰렛 선장은 실버를 더 이상 가까이 못 오게 했어요. 그래서 실버는 스몰렛 선장의 맞은편 모래사장 위에 앉아야 했지요.

"모래사장에 앉기에는 무지하게 추운 아침이구먼요."

스몰렛 선장은 어깨를 으쓱이더니 이 모든 일은 다 실버의 탓이라고 말했어요.

"자넨 선상 요리사인가 아니면 선장 실버인가? 뭐든 간에 자넨 반란을 일으킨 해적이야. 교수형에 처해질 거야!"

실버는 주변을 둘러보고는 요새 각 지점마다 지키고 서 있는 우릴 보더니 인사를 건넸어요. 그러더니 자신들이 해변에서 웃고 떠들며 노는 사이 해적 한 명이 살해됐다고 하더군요. 실버는 우릴 의심했어요. 난 내 새로운 친구 벤 건이 한 일이라는 걸 알 수 있었어요.

"흠, 내 말은 이거요. 우린 보물을 원하오. 당신들은 물론 죽기 싫을 테고. 지도는 그쪽이 갖고 있잖소. 지도를 내놓으시오. 그럼 당신네들을 해치지 않겠소."

실버의 말에 스몰렛 선장은 화를 내며 소리를 질렀어요. 꿍꿍이속을 다 알고 있으니 꿈도 꾸지 말라고 말이에요. 둘은 마치 극장에서 연극 한 편을 보듯 서로 말없이 눈만 빤히 쳐다봤어요.

잠시 뒤 실버가 입을 뗐어요.

"자, 지도를 우리한테 주면 선택권을 주겠소. 우리와 함께 배를 타고 가겠다면 어딘가 안전한 곳에 내려 주겠소. 이곳에 남겠다고 하면 짐짝 반을 건네주겠소. 자, 내가 내걸 수 있는 조건은 여기까지요."

스몰렛 선장이 코웃음을 치며 말했어요.

"그게 전부인가? 그렇다면 잘 들어. 내 조건은 말이야. 우선 무기를 버리고 한 명씩 와. 그럼 바로 쇠고랑을 채워 고향으로 데리고 가서 공정한 재판을 받게 해 주지. 아니면 바닷속에 빠뜨려 물고기 밥이 되게 해 주겠어. 너흰 보물 못 찾아. 배도 몰지 못하게 될 거야. 이건 내가 마지막으로 내거는 좋은 조건이다. 다음에는 등짝에다 총알을 박아 주겠어. 이제 꺼져.”

“흠, 그냥 악수나 나눕시다.”

실버가 말했어요.

“됐네.”

선장의 말에 우리도 하나둘씩 됐다고 거절했어요.

이윽고 실버는 엉금엉금 기어가다 목발을 짚고 벌떡 일어서더니 샘물에다 침을 퉤 뱉었어요.

“내 이럴 줄 알았지! 마음껏 웃어. 한 시간 뒤면 저세상에서 웃게 될 테니까. 차라리 죽여 달라고 빌게 될 거라고!”

실버는 그런 식으로 악담을 퍼붓고는 울타리를 넘었어요. 그러자 반대편에서 해적들이 실버를 끌어당겼지요.

# 16장
## 공격



실버의 모습이 사라지자마자, 스몰렛 선장은 제자리에서 벗어난 우릴 보더니 벌컥 화를 냈어요. 자리를 지키고 있던 그레이를 뺀 나머지는 낯부끄러워 어쩔 줄 몰라 했지요. 우린 곧 총에 총알을 채우고 다가올 위험에 대비했어요.

"해적들은 곧 공격해 올 거예요. 우린 수가 적지만 정신을 바짝 차리면 싸울 수 있습니다."

선장이 말했어요.

저마다 샘에서 떠 온 시원한 물 한 잔을 마신 다음 만반의 준비를 했어요. 모닥불을 껐는데도 연기가 좀처럼 하늘에서 사라지지 않았어요. 우린 각자 자리에 서 있었어요. 그때 조이스가 사람이 보이면 쏴도 되냐고 물었어요.

"당연하지!"

선장이 외치고는 이내 씩씩대며 자리에 앉아 기다렸어요. 뜸 들일 새 없이 조이스가 숲을 향해 총을 쐈어요.

"맞혔는가?"

선장이 물었어요.

"아니요. 못 맞힌 것 같습니다."

조이스가 대답했어요.

그 순간부터 공격이 시작되었어요. 갑자기 해적들이 숲에서 나와 곧장 우리가 있는 쪽으로 달려왔어요. 원숭이처럼 우르르 떼를 지어 울타리를 넘어왔지요. 우린 모조리 총을 쏘아 세 사람을 쓰러뜨렸어요. 한 사람은 후다닥 뛰어오르더니 어딘가로 사라지고 말았어요. 넷은 울타리까지 들이닥쳤고, 나머지는 끊임없이 우릴 향해 쏴 댔지만 빗나갔지요. 놈들의 총알이 다 떨어져 가고 있었어요.

얼마 안 있어 해적 넷이 사납게 달려들었어요. 그러다 우리 위치가 온통 뒤죽박죽이 되고 말았지요. 안 보이는 곳에 꼭꼭 숨어 있었는데 전부 들통났지 뭐예요. 여기저기에서 총알이 날아들었어요. 앓는 소리와 욕지거리도 사방에서 터져 나왔어요. 선장은 우리더러 칼을 꺼내 연기 속에서 맞붙어 싸우라고 명령했어요.

나는 손가락이 베일 정도로 칼을 꼭 움켜쥐었어요. 해적 하나가 헌터의 총을 잡아채더니 그걸로 내리치는 모습이 보였어요. 리브시 선생님은 어느 해적의 얼굴을 칼로 슥 베었어요. 스몰렛 선장도 다쳤는지 끙끙거리며 소리치고 있었어요.

뒤를 돌아보니 앤더슨이라는 해적이 머리 위로 칼을 번쩍 든 채 나를 확 덮치려 하고 있었지요. 그 순간 나는 발을 헛디뎌 넘어지고 말았어요. 휘익 한 바퀴 공중제비를 넘어 언덕 아래로 데굴데굴 굴러 떨어졌지요. 정신을 차리고 보니 입에 칼을 문 해적 하나가 울타리를 넘어오고 있지 뭐예요. 그런데 다음 순간 갑자기 주변에 해적들이 없어졌어요.

알고 보니 그레이가 요새 안으로 들어가던 놈을 총으로 쏴 죽였고 또 한 놈은 리브시 선생님이 죽였어요. 한 놈은 꽁무니를 빼더니 후다닥 울타리를 넘어 줄행랑을 쳤던 거예요.

리브시 선생님이 모두에게 총을 쏘라고 외쳤지만 이미 모든 게 끝이 나 있었어요. 해적들이 하나둘씩 도망가더니 어느덧 전부 사라지고 없었어요. 눈앞에는 우리가 치른 대가가 고스란히 보였지요. 헌터는 기절한 채로 누워 있었어요.

머리에 총을 맞은 조이스는 죽어 있었어요. 트렐로니 씨는
낯빛이 새하얀 스몰렛 선장을 붙잡고 있었고요.

"선장이 다쳤다!"

트렐로니 씨가 외쳤어요.

"저들을 몇이나 해치웠습니까?"

선장이 힘없이 물었어요.

"다섯이오."

리브시 선생님이 답했어요.

스몰렛 선장은 죽은 조이스를 보고는 고개를 푹 떨어뜨렸
어요. 잠시 뒤, 선장은 가만히 말했어요.

"음, 이젠 우리에게 가망이 좀 있어 보이는군요. 다친 헌
터와 나를 뺀다 해도 우린 네 명이지만 해적 역시 아홉으로
줄었으니까요. 전에는 일곱 대 열아홉이었잖습니까."

# Ⅳ 바다 모험

## 17장
### 바다 모험은 어떻게 시작됐는가

그날 해적들은 다시 공격해 오지 않았어요. 해적들도 피해가 컸으니까요. 우리 편에서도 헌터가 상처를 회복하지 못한 채 밤에 숨을 거뒀어요. 스몰렛 선장 또한 심하게 다쳤어요. 총알이 어깨를 통과해 폐를 살짝 스쳐 지나갔어요. 목숨이 붙어 있긴 했어도 리브시 선생님의 지시에 따라 절대 움직이면 안 되었지요.

정오가 막 지난 때였어요. 해변은 탁 트여 있었지요. 리브시 선생님은 몸에 권총을 지닌 채 벤을 만나러 요새 밖으로 나갔어요. 그레이는 방금 겪은 이런 상황에도 밖에 나가다니 선생님이 미쳤다고 생각하더군요.

하지만 나 역시 마냥 앉아서 기다리기는 싫었어요. 그래서 슬그머니 자리를 떠 호주머니에 비스킷을 가득 넣었어요. 나만의 임무를 다하겠노라 마음먹었지요. 벤이 말한 보트가 정말로 있는지, 상태는 멀쩡한지 확인하러 갈 작정이었어요. 권총 한 자루를 챙기고 밖으로 몰래 빠져나갔어요. 그런 짓을 하다니 지금 생각하면 나도 참 어리석었지요. 그땐 너무 어려서 그랬나 봐요. 그래도 결국에는 그 덕에 모두가 살게 됐지요.

난 서둘러 해안가를 따라 하얀 바위가 있는 곳으로 향했어요. 이윽고 멀찍이 파도에 뒤흔들리는 히스파니올라호가 보였어요. 여전히 그 자리에서 해골 깃발을 펄럭이고 있었지요. 그때 실버와 해적 한 명이 히스파니올라호에서 내려 보트를 타고 해안으로 향하고 있었어요. 실버의 앵무새가 시끄럽게 깍깍거리는 소리가 바람결에 들렸어요. 그런데 아뿔싸, 보트가 내 쪽으로 오고 있지 뭐예요. 나는 부리나케 하얀 바위 쪽으로 달려갔어요.

바위 아래에 보트가 잘 숨겨져 있었어요. 단순하고 가벼운 보트였어요. 물에 잘 뜰 것 같았어요.

그 순간, 머릿속에 난데없이 어떤 생각이 퍼뜩 들더니 빙

빙 맴돌았어요. 어둠을 틈타 보트를 타고 히스파니올라호까지 갈 수 있겠다 싶었지요. 거기 가서 히스파니올라호를 고정시킨 닻줄을 끊어 버릴 생각이었어요. 배가 이리저리 떠다니다 다른 해안가로 떠가게 두면 될 터였지요. 그러면 당분간 해적들은 우리를 공격할 틈이 없을 거예요. 워낙에 해적들이 조심성이 없는 데다 엉성한 면이 있으니까 식은 죽 먹기겠다 싶었어요.

나는 어둠이 드리울 때까지 기다렸다가 비스킷을 입에 넣었어요. 그런 다음 작은 보트를 끌고 물가로 갔어요. 은은한 달빛 아래 해적들이 해변에 밝혀 놓은 모닥불이 보였어요. 히스파니올라호에서 흘러나오는 빛도 보였지요. 난 물살을 헤치며 바다로 걸어 들어가 보트를 띄웠어요. 그러고는 히스파니올라호를 향해 나아갔어요.

나는 얼마 지나지 않아 히스파니올라호에 연결된 굵은 닻줄을 움켜잡을 수 있었어요. 닻줄은 참으로 팽팽했어요. 한 번 쓱 자르면 당장에라도 히스파니올라호가 물결을 타고 어디론가 흘러가 버릴 터였지요.

걱정되는 점도 있었어요. 닻줄을 자를 때 팽팽했던 닻줄이 탕 끊어져 나를 후려칠 수 있었거든요. 그런 닻줄에 맞았

다간 죽을 지도 모를 일이었어요. 그래서 나는 줄을 한 올 한 올 천천히 자르기 시작했어요. 마지막 한 올을 탁 자르자 무거운 닻을 매단 닻줄이 휘리릭 물속으로 빠져들어 버렸지요.

선실에서 엄청 큰 목소리가 들려왔어요. 알고 보니 배에서 싸움이 벌어지고 있었어요. 성난 목소리가 점차 커졌어요. 이즈리얼 핸즈와 한 해적이 싸우고 있었어요. 전에 울타리를 오르려 했던 바로 그 해적이었지요. 둘은 서로에게 욕을 퍼붓고 있었어요. 그러다 잠시 말이 없어지더군요. 그사이, 해변에 있는 해적들의 소리가 간간이 들렸어요. 쉰 목소리로 꽥꽥거리며 노래를 부르고 있었지요.

그러던 어느 순간, 산들바람이 불어왔어요. 배가 옆으로 한동안 흔들거리더니 드디어 움직이기 시작했어요. 그 바람에 내가 타고 있는 보트가 배의 뒤꽁무니에 들러붙게 됐지요. 당장에라도 부딪쳐 박살 날 것만 같았지만 어쩐 일인지 그러진 않았어요. 난 몸을 한껏 일으켜 선실 안을 들여다봤어요. 두 사람이 미친 듯이 몸싸움을 벌이고 있었지요. 서로가 서로의 멱살을 잡은 채로요. 나는 몸을 확 수그려 앉은 뒤 두 눈을 꼭 감았어요.

해변에서는 노랫소리가 계속 들려왔어요.

"열다섯 사람은 죽은 자의 궤짝 위에……

요호호, 럼주 한 병.

나머지는 술과 악마가 해치웠다네……

요호호, 럼주 한 병!"


갑자기 보트의 속도가 빨라진 느낌이 들었어요. 두 눈을
떠 보니 히스파니올라호는 번개처럼 빠르게 해변으로 향하
고 있었어요. 그러다 물살이 전혀 다른 방향으로 바뀌더니
배가 또다시 바다로 향했어요. 배가 옆으로 비스듬히 기울
어진 채 움직이자 배에 있던 해적들은 싸움을 멈췄어요.

난 두 눈을 감고 작은 보트에 납작 엎드렸어요. 두려움에
온몸이 달달 떨렸지요. 금방이라도 물고기 밥이 될 터였어
요. 거대한 파도에 휩쓸려 물속으로 꼬르륵 빠져 들어가는
내 모습이 그려졌어요. 점차 감각이 둔해지고 몸에 힘이 빠
지더니 이내 잠이 들어 버렸지요. 바다에서의 두려움은 잊
은 채 고향과 벤보 제독 여관 꿈을 꾸기 시작했어요.

# 18장
## 작은 보트

잠에서 깨어 보니 내가 탄 조그만 보트가 보물섬의 남쪽 끝을 향해 기우뚱기우뚱 나아가고 있었어요. 나는 목이 말라 죽을 것만 같았어요. 쉴 새 없이 커다란 파도에 이리 치이고 저리 치였지요.

나는 힘이 하나도 없어서 노를 저을 수도 없었어요. 나는 물에 빠져 죽을 수도 있었고, 해변 가까이 흘러가다가 뾰족한 바위에 부딪혀 죽을 수도 있었어요. 바위에 더덕더덕 붙은 커다란 민달팽이한테 죽을 수도 있었어요. 나중에 알고 보니 그건 민달팽이가 아니라 햇볕 아래 앉아 꺽꺽 울어 대는 바다사자 무리였어요.

해변에는 다다르지 못할 듯 보였어요. 우즈 곶을 향해 북쪽으로 향하고 있었으니까요. 그곳이면 보트를 댈 수도 있을 것 같았어요. 그런데 보트는 여전히 물살에 이리 퉁퉁 저리 퉁퉁 흔들리고 있었어요. 물결이 굽이쳤다가 사르르 퍼졌지요. 문득 보트가 저 혼자 알아서 가게 둬도 되겠다 싶었어요. 나뭇잎처럼 물결 위에 둥둥 떠 움직였거든요. 그렇게 가다 보면 뭍에 다다를 수 있을 것만 같았어요.

하지만 그리되지 못했어요. 지독한 햇빛 아래에서 오랫동안 물결을 따라 위아래로 들썩였더니 머리는 지끈거리고 목구멍은 바짝 타들어 갔어요. 그러다 우즈 곶을 그냥 지나치고 말았지요. 이런 세상에.

하는 수 없이 빙 돌아서 다음 곶으로 향하던 길이었어요. 믿을 수 없는 광경을 보고 말았지요. 히스파니올라호가 엄청나게 빠른 속도로 내가 있는 쪽으로 오고 있지 뭐예요. 처음에는 다른 쪽으로 가는 줄 알았어요. 그다음에는 날 쫓아오는 건 아닐까 싶은 생각이 들더군요. 그런데 또 갑자기 다른 엉뚱한 방향으로 가더라고요. 어떻게 된 건지 정신이 어리둥절했어요. 난 막막했지만 정신을 차리려고 노력했어요.

그때 문득 깨달았지요. 커다란 배인 히스파니올라호가 앞

뒤로 마구 흔들리고 있다는 건, 배를 조종하는 사람이 아무도 없다는 거예요. 해적들이 갑판 아래에 숨어 있거나 아니면 배를 버리고 가 버린 것 같았어요. 이윽고 내게 좋은 생각이 퍼뜩 떠올랐어요. 배를 손에 넣을 수 있을 것 같았어요.

하지만 설사 배를 손에 넣는다고 해도, 내가 배를 조종할 수 있을까요? 만약 무시무시한 해적들이 아직 배에 타고 있다면요? 내가 놈들을 꽁꽁 묶은 다음 배를 조종하는 키를 잡을 수 있을까요? 할 수 있을 것 같았어요. 생각만 해도 용기가 불끈불끈 솟아났어요. 얼른 배 쪽으로 노를 저어 나아가기 시작했지요. 히스파니올라호도 마침 바람에 휩쓸려 내 쪽으로 다가오고 있었어요.

나는 조심스레 히스파니올라호 옆으로 가까이 다가갔어요. 기회는 단 한 번뿐이었지요. 배 옆면에 붙은 반짝거리는 놋쇠 고리를 보니 누워서 떡 먹기처럼 보였어요. 그런데 그때 갑자기 바람이 잦아들더니 배가 꼼짝도 하지 않았어요. 어찌된 일인지 생각할 새도 없이 갑자기 선실 창문이 홱 열렸고 눈앞에서 빙글빙글 돌았어요. 그러더니 거대한 돛대가 머리 위로 홱 날아들었지요. 맞아요. 갑자기 배가 나를 향해 확 기울어진 거예요.

난 로켓처럼 공중으로 슝 튀어 올라 돛대를 덥석 붙잡았어요. 내 발밑의 보트가 위로 붕 솟아올랐다가 배에 쾅 부딪히더니 두 동강 났어요. 이제 돌아갈 곳이 없으니 좋든 싫든 히스파니올라호에 있을 수밖에 없었지요.

# 19장
## 해골 깃발을 내리고 핸즈의 도움을 받다

나는 돛대에 대롱대롱 매달려 있었어요. 당장이라도 바다에 풍덩 빠질 수 있었지요. 쿵쾅쿵쾅 뛰는 가슴을 부여잡은 채 엉금엉금 갑판으로 기어 내려갔어요. 눈에 들어온 광경은 엉망진창 그 자체였어요. 진흙이 여기저기에 덕지덕지 발라져 있었고 깨진 유리병이 사방에 굴러다녔어요. 돛은 한껏 부풀어 올라 있었지만 망을 봐야 할 해적들은 갑판 위에 뒤엉킨 채 쓰러져 있었어요.

핸즈와 해적 한 명이 바람 따라 데굴데굴 굴렀어요. 핸즈가 몸을 꼼지락대더군요. 반면 다른 해적은 등짝을 갑판 바닥에 딱 붙인 채 반듯이 누워 있었어요. 얼굴에는 흉측한 미

소가 칠해져 있었지요. 피투성이가 되어 죽어 있던 거예요. 불현듯 핸즈가 끙 앓는 소리를 내뱉더니 몸을 일으켰어요. 상처를 입은 탓에 피를 철철 흘리며 아파하고 있었지요. 나는 옆으로 천천히 다가가 섰어요.

"핸즈 씨, 나 왔어요."

내가 놀리듯 말했어요.

핸즈가 돌아눕더니 마실 것을 달라고 하더군요. 목이 바삭바삭 말라 있었던 모양이에요. 혹여나 정신을 번쩍 차리고 싶어 그러는가 싶기도 했어요. 하지만 꾸물댈 시간이 없었어요. 서둘러 갑판 아래로 달려가 보니 그곳도 온통 아수라장이었어요. 여기저기에 진흙과 깨진 유리가 나뒹굴고 있었어요. 책은 갈기갈기 찢겨 있었고 저장 통은 아무렇게나 흩어져 있었어요. 어스름한 빛 속에서도 먹을 것과 물통이 있나 구석구석 뒤졌어요. 비스킷과 절인 과일, 건포도와 치즈 몇 조각을 찾아냈어요. 우선 나 먼저 배 속을 채운 다음 남은 것을 갑판으로 갖고 올라갔지요. 핸즈에게 치즈와 비스킷 조금, 마실 물을 건네줬어요.

"많이 다쳤어요?"

핸즈가 고개를 끄덕이고는 끙 소리를 냈어요.

"그래. 하지만 녀석은 죽었지. 그나저나 넌 어디 있다 나타난 거냐?"

"배를 되찾으려고 왔어요. 앞으로 나를 선장이라 불러요."

핸즈가 못마땅한 표정으로 쳐다봤지만 입도 뻥긋하지 못했어요. 난 해골 깃발을 내리겠다고 하고는 날쌔게 위로 올라가 깃발을 떼어 내었어요.

"실버한테 꿍꿍이 있는 거 알아요."

내가 말했어요.

"그게 있잖냐. 여기 이 녀석과 난 배를 타고 돌아가려 했다. 그런데 녀석이 죽어 버렸네. 배는 둘이서 몰아야 하는데 말이야. 그래서 부탁인데, 피 나는 다리에 묶게 수건 하나 갖다 다오. 그러면 네가 배를 몰고 갈 수 있게 도와주마."

핸즈가 말했어요.

"나 바보 아니에요. 실버가 있는 키드 해안으로 돌아가지 않을 거라고요."

"음, 그렇지. 이건 이제 네 배이고, 난 다쳤으니 말이야. 네가 원하는 곳 어디든 가도록 하마. 암 그렇고말고!"

그렇게 해서 협상이 이뤄졌어요. 상처도 감싸 주고 먹을 것도 줬지요. 우린 함께 배를 몰기 시작했어요. 길을 떠나자 핸즈가 점차 기운을 차리더군요. 아파서 죽을상이었던 낯빛이 이제 보니 업신여기는 표정으로 바뀌어 있지 뭐예요. 핸즈는 날 유심히 관찰하기 시작했어요. 내가 무슨 일을 할 때마다 간사한 눈빛으로 쳐다보더라고요.

나는 핸즈가 이끄는 대로 물거품이 이는 넓은 바다로 배를 몰았어요. 끼니를 때우고 이야기를 나누며 잠시 한숨 돌리기도 했지요.

"선장님, 갑판 아래로 내려가 망원경 좀 갖다줄 수 있을깝쇼? 눈이 침침해서 그럽니다요. 항로를 정하려면 필요합니다요."

핸즈가 내 눈길을 피하더니 이내 시선을 바다로 돌렸어요. 무슨 속셈인지는 모르지만 딱 봐도 날 갑판에서 벗어나게 하고 싶어 했지요. 하지만 오히려 내게 기회가 될 수 있었어요.

"물론이죠. 후딱 갖다 올게요."

말이 끝나기가 무섭게 난 갑판 아래로 후다닥 달려갔어요. 그러고는 신발을 벗어 던지고 핸즈 바로 뒤쪽에 있는 다른 통로로 살그머니 올라왔어요. 그곳에서 들키지 않고 몰래 엿볼 수 있었지요. 핸즈는 팔팔해진 기운으로 다친 다리를 질질 끌며 죽어 있는 남자 쪽으로 걸어갔어요. 남자에게 꽂혀 있던 칼을 빼내더니 피를 쓱쓱 닦아 냈지요. 칼을 소매 안쪽에 숨긴 다음 재빨리 원래 있던 자리로 돌아갔어요. 내 목숨을 노리는 게 불 보듯 훤했어요.

난 망원경을 찾으러 도로 아래로 내려갔어요. 그러다 문득 깨달았어요. 해변까지 배를 몰고 가려면 핸즈한테 나는 꼭 필요한 존재라는 것을요. 하지만 섬에 도착하는 즉시 난 죽은 목숨이 되고 말 거예요. 다행히 아직까지는 무사했지만요.

난 갑판으로 기어올라 망원경을 핸즈에게 건넸어요.

"자, 짐 호킨스 선장님. 내 말대로 하십쇼. 그러면 눈 깜짝할 사이에 해안에 이를 겁니다요."

핸즈는 어느 지점에서 해안으로 들어설 것인지를 알려 줬어요. 난 돛을 세우랴 딱 들어맞는 위치에 있는지 확인하랴 이리저리 바삐 움직였어요.

"조심, 조심!"

핸즈가 외쳤어요.

막판에 다다라서 방향을 휙 돌린 다음 그대로 해안까지 나아갔어요. 나는 배를 조종하는 데 너무 열중해 있던 나머지 핸즈를 신경 쓸 겨를이 없었어요. 그런데 해변에 가까이 이르자마자 핸즈가 날 향해 달려들더군요. 난 휙 돌아서서 비명을 지르다 나도 모르게 잡고 있던 돛을 탁 놓아 버렸어요. 그러자 돛이 핸즈에게 휙 날아들더니 핸즈를 휘감았어요. 그 바람에 핸즈는 옴짝달싹 못하게 됐지요. 난 핸즈가 정신을 차리기 전에 부리나케 도망쳤어요. 이윽고 돛에서 빠져나온 핸즈는 날 죽기 살기로 쫓아오더군요.

난 서둘러 손을 뻗어 총을 쥐고는 방아쇠를 당겼어요. 하지만 총이 바닷물에 흠뻑 젖은 탓인지 발사되지 않았어요. 어리석은 나 자신에게 욕을 퍼붓고는 다시금 내달렸어요. 핸즈는 상처 입은 사람치고 빛의 속도로 움직였어요. 이내 갑판 위 한구석으로 날 몰아넣었지요. 내가 한쪽으로 휙 피할라치면 핸즈도 바로 움직였어요. 바짝 긴장한 채 한참 동안 서로를 노려보고 있었어요.

그때 갑자기 배가 해변에 쿵 부딪쳤어요. 그 충격에 우리 둘은 공중으로 붕 날아가고 말았어요. 배가 덜컹덜컹하더니 이내 한껏 기울어진 채로 멈춰 섰어요. 갑판 위에 서 있을 수조차 없을 정도였어요. 핸즈는 죽은 해적과 뒤엉켜 있었어요. 난 재빨리 돛대 꼭대기로 기어 올라갔어요. 돛대까지 가는 길

에 새로운 권총을 주워 핸즈를 향해 총구를 겨눴어요. 핸즈가 나를 쓱 올려다보더니 불쾌하게 코웃음을 쳤어요. 핸즈는 입에 칼을 물고는 다친 몸으로도 재빨리 돛대 위로 기어 올라오기 시작했어요. 눈 깜짝할 새에 코앞까지 바짝 쫓아왔지요.

"한 걸음만 더 와 봐! 그럼 머리통을 날려 드릴 테니까."

나는 승리감에 젖어 피식 웃기까지 했어요. 순간 핸즈가 멈칫하더군요. 보아하니 머리가 핑핑 돌아가지 않는 모양이었어요.

핸즈가 입에서 칼을 빼 손에 쥐고 말했어요.

"자, 넌 이제 독 안에 든 쥐라고. 배가 이렇게 멈추지만 않았어도 널 벌써 해치워 버렸을 텐데."

난 그 말을 씩 웃어넘겼어요. 그때 핸즈가 손을 슬슬 뒤로 빼더니 나를 향해 칼을 휙 던졌어요. 칼은 내 어깨를 찌른 채 그대로 돛대에 꽂혔지요. 나는 꼼짝도 할 수 없었어요. 난 고통스러워 울부짖었어요. 그때 권총이 저절로 발사되었어요. 나도 모르게 방아쇠를 당긴 모양이었어요. 다음 순간, 나는 총을 놓쳤고 총은 곧장 바닷속으로 풍덩 떨어졌어요. 총만 떨어진 게 아니었어요. 이즈리얼 핸즈도 함께 바다에 빠졌지요.

# 20장
## 은화 여덟 닢

핸즈가 물속으로 곤두박질쳤어요. 물 위로 피거품이 뽀글뽀글 일었지요. 난 속이 메슥거렸어요. 칼에 꽂힌 탓에 도통 몸을 들썩일 수가 없었어요. 불현듯 나도 핸즈처럼 떨어져 죽을까 봐 두려웠어요. 어느새 몸이 바르르 떨렸어요. 그 바람에 칼이 돛대에서 확 빠졌고 몸이 자유로워졌어요. 알고 보니 어깨 한쪽 끝만 살짝 찔려 있었던 거였지요. 그것도 셔츠 끝자락에요.

돛대 아래로 기어 내려와 주위를 쓱 둘러봤어요. 먼저, 죽은 해적을 바다에 내던졌어요. 그리고 나서 기울어진 채 멈춰 선 배를 최대한 바로 세우려고 애썼어요. 준비를 마친 뒤, 나는 얼른 요새로 가야겠다고 생각했어요.

히스파니올라호 갑판에서 풀쩍 뛰어내려 기쁜 마음을 안고 숲으로 향했어요. 내가 받게 될 영웅 대접을 그려 봤어요. 요새에서 나와 혼자서 위험한 일에 뛰어들었다는 어리석은 짓을 하긴 했지만, 중요한 것은 배를 되찾았다는 거예요. 나는 정말 운이 좋았다는 생각이 들었어요.

난 한참을 걸었어요. 땅거미가 질 무렵, 불쌍한 섬사람 벤을 처음 만났던 그곳에 가까이 다다랐어요. 점점 밤이 어두워지고 있었어요. 어느새 자신감은 온데간데없이 사라져 갔지요. 계속 모래 웅덩이에 발이 걸려 넘어지고 나뒹굴었어요.

달빛이 비치긴 했어도 발걸음은 여전히 조심스러웠어요. 퍽 어두운 밤이라 우리 편이 착각해서 내게 총을 쏠 수도 있으니까요. 마침내 요새에 다다랐어요. 커다란 모닥불이 타들어 간 흔적이 보였어요. 왜 그렇게 큰 불을 피웠는지 의아했어요. 나는 가만히 울타리를 넘어 들어갔어요.

어둠 속에서 통나무집이 보였어요. 개미 한 마리도 얼씬거리지 않았어요. 그제야 내가 없는 동안 일이 틀어진 게 아닐까 하는 생각이 들더라고요. 그래서 넙죽 엎드려 슬금슬금 손발로 기어갔어요. 가까이 다가갈수록 망을 제대로 안 보고 있다는 의심을 떨칠 수가 없었어요. 문가에 이르러 벌떡 일어섰어요. 아무것도 보이지가 않았어요.

불이 꺼진 통나무집 안으로 들어서자 사람들이 코 고는 소리가 들렸어요. 나는 안심했고, 배시시 웃음이 나왔어요. 이대로 살짝 내 침대에 누워 잘 생각이었어요. 아침이 되어 사람들이 침대에 누워 있는 날 보고 깜짝 놀라는 모습을 상상하며 혼자 미소를 지었어요.

바로 그때, 새된 소리가 들렸어요. 난 화들짝 놀랐어요.

"은화 여덟 닢, 은화 여덟 닢!"

같은 소리가 계속 들려왔어요. 실버의 앵무새, 플린트 선장이었지요! 앵무새가 망을 보고 있다가 날 발견한 거였어요. 휙 돌아서자 낯익은 실버의 목소리가 귀에 들어왔어요.

"누구냐?"

난 얼른 몸을 숨기려 했지만 연달아 사람들에게 부딪치고 말았어요.

"여기 불 좀 비춰 봐, 딕."

실버가 날 붙잡은 채 누군가에게 말했어요. 누군가 자리를 떴다가 이내 활활 타오르는 횃불을 들고 돌아왔어요.

# V 실버 선장

## 21장
## 적의 막사에서

횃불이 붉게 타올랐어요. 모든 게 끝장났구나 싶었지요. 눈에 보이는 해적은 달랑 여섯뿐이었어요. 놈들이 요새를 차지한 모양이었어요. 그렇다면 우리 편은 어떻게 됐을지 생각하니 몹시 두려웠어요. 주변을 둘러보니 해적 중 한 사람은 부상을 입었고 다른 넷은 잠이 덜 깨어 있었지요. 오직 실버만 정신을 바짝 차리고 있는 듯 보였어요. 낯빛이 새하얗긴 했지만요.

"이런 제기랄. 깜짝 놀랐잖아. 짐 호킨스로구먼. 거참, 영리하기도 하지."

실버가 말했어요.

난 아무 말 없이 가만히 서서 실버를 쳐다봤어요.

"네가 우리와 함께하길 늘 바랐는데. 이제야 그럴 수 있게 됐구먼. 앞으로는 짐 호킨스는 우리 편인 거다. 어차피 뭐, 네 친구들은 널 미워하는 것 같던데."

그 말을 듣고 우리 편이 살아 있다는 걸 알게 됐지요. 가슴에 희망이 부풀어 올랐지만 잠자코 있었어요.

"저기 말이야. 우리 편이 되어도 좋고, 언제든지 싫다고 해도 좋아. 뭐, 그래야지 정정당당하잖아. 안 그래?"

목숨이 왔다 갔다 하는 위협적인 상황이긴 했지만 나는 마음을 진정시킨 뒤 말했어요.

"선택을 해야 하는 거라면, 우선 뭐가 어떻게 된 건지 알고 싶어요!"

"중요한 건 말이야, 네 친구들이 널 버렸다는 거야. 배가 사라진 걸 눈치채고선 우릴 찾아왔어. 요새랑 필요한 물건을 줄 테니 자기들을 무사히 보내 달라고 하더라고. 그들이 어디로 갔는지 누가 알겠어. 너라면 아주 진절머리가 난다고 하던데. 네가 자기들을 버리고 혼자 떠났다면서."

실버가 말했어요. 잠시 뒤, 나는 이렇게 말했어요.

"음, 내가 이 모든 일이 어떻게 된 건지 정리해 볼게요. 지금 당신은 상황이 안 좋을걸요. 그렇게 만든 게 나거든요. 사과 통 안에서 당신의 나쁜 계획을 죄다 들었어요. 그래서 내가 스몰렛 선장에게 알렸지요. 그리고 아까 내가 핸즈를 바다 밑바닥에 빠뜨렸어요. 히스파니올라호 닻줄도 다 끊어 놨어요. 배를 절대 찾지 못할 만한 곳에다 숨겨 놨다고요. 날 죽이고 싶으면 그렇게 해요. 아니면 날 살려 주든가요. 살려 주면 당신이 해적질한 죄로 법정에 설 때 증인이 되어 줄게요. 이렇게 된 건 다 당신 탓이라고요!"

내 말을 들은 한 해적이 손에 칼을 들고 벌떡 일어섰어요. 그러자 실버가 그 해적을 향해 돌아서서 말했지요.

"오, 이제 자네가 선장인가? 잘 생각해, 안 그럼 내가 제대로 가르쳐 주겠어. 어디 또 거슬러 봐. 아주 물고기 밥으로 만들어 줄 테니까."

나머지 해적들이 모두 일어나 이러쿵저러쿵 떠들어 대자 실버가 일그러진 얼굴로 지팡이를 휘둘렀어요.

"나한테 덤빌 사람 있어?"

실버가 으르렁거리듯 소리쳤어요.

"없지. 내 그럴 줄 알았어. 다들 입 닥치고들 있어. 너희를 다 합친 것보다 이 꼬마 녀석이 훨씬 용감하니까."

그때 한 해적이 동료들과 밖에 나가 따로 이야기하고 오 겠다고 말했어요. 해적들은 곧장 실버와 나만 남겨 둔 채 밖 으로 나갔어요. 실버가 날 쳐다봤어요. 부하들이 똘똘 뭉쳐 반란을 일으킬까 봐 두려워하는 눈빛을 띠고 있었지요.

"놈들이 내게서 등을 돌릴 거야, 짐. 죽느냐 사느냐는 우 리 둘한테 달려 있단다."

깜짝 놀란 나를 보며 실버가 덧붙였어요.

"네가 배를 잘 숨겨 놨다는 걸 알겠어. 어떻게 했는지는 모르지만, 그렇다는 것 하나는 알지. 자, 질문 하나 하마. 리 브시 선생이 떠나기 전에 왜 내게 보물 지도를 줬을까?"

난 또다시 깜짝 놀라고 말았어요.

"암, 선생이 그랬고말고. 뭔가 숨겨진 의도는 있겠지만 말 이야. 좋은 의도든 아니든, 여하튼 그것이 문제로다."

# 22장
## 돌아온 검은 점

우린 밖에 나간 해적들이 돌아오기를 기다렸어요. 마침내 해적들이 우리 쪽을 향해 걸어오자 실버는 다정하고 스스럼 없이 굴었어요.

"바람이 선선하구나, 짐."

난 실버를 흘깃 쳐다본 다음 바깥에 있는 해적들에게로 눈길을 돌렸어요.

해적들은 느릿느릿한 걸음걸이로 돌아왔어요. 심술궂으면서도 될 대로 되라는 표정들이었지요.

"왜들 그래, 안 잡아먹어. 그거 줘 보라고."

실버의 말에 해적들이 쪽지 한 장을 건넸어요.

"이런, 성경에서 찢었나 봐. 너희들 이제 저주받을 거야!"

그 말에 해적들은 서로 다투기 시작했어요. 실버가 쪽지를 펼쳐 보니 검은 점이 그려져 있었어요. 뒷면에는 '물러나라'라고 쓰여 있었지요. 그 말인즉슨 실버가 더는 선장이 아니라는 뜻이었어요.

실버는 우선 자기가 왜 물러나야 하는지 그 이유를 대라고 윽박질렀어요.

"당신이 모험을 엉망으로 만들었잖아. 적을 그냥 보내 주고 말이야. 게다가 우리가 그 뒤를 쫓지 못하게 했고. 마지막으로, 이 꼬마 녀석을 살려 두니 그렇지."

'조지'라는 해적이 말했어요.

"자, 자, 누가 선장이 되고 싶어 하는지는 안 봐도 뻔하구먼. 자네 말에 일일이 대꾸해 주지. 내가 모험을 엉망으로 만들었다고? 내가 그랬나? 음, 자넨 내가 뭘 원하는지 알고 있잖아. 그러면서도 내 부하들이 내게서 등을 돌리게 가만뒀지. 안 그런가, 조지? 짜증나게 한 게 누군데?"

이 말에 조지가 고개를 홱 돌리자 실버가 외쳤어요.

"감히 날 몰아세우다니! 날 제치고 선장이 되려 하다니! 너, 너 때문에 우리가 망한 거야! 넌 진짜 해적도 아니잖아.

재봉사일 때가 훨씬 나았지! 너 때문에 우리가 지금 얼마나 쪼들리는지 알기나 하냐고. 이 꼬마 녀석은 이제 인질로 삼으면 돼. 하나밖에 없는 인질을 죽일 수는 없지. 마지막 기회일 수도 있다고. 그리고 내가 했던 거래는 말이야. 너라도 똑같이 했을 거야! 그 거래가 있었기에 의사 선생이 매일 와서 너희들 상처를 치료해 주는 거라고. 그것 말고도 이유는 또 있어!"

말이 끝나기가 무섭게 실버가 보물 지도를 바닥에 탁 떨어뜨렸어요. 그러자 모두가 풀썩 주저앉더니 어린아이처럼 울부짖고 기뻐하며 소리치지 뭐예요. 벌써 보물을 찾아서 집에 가져가기라도 한 듯한 반응들이었지요.

"그러니까, 보물을 찾을 사람은 바로 나라고. 나보다 잘난 놈 있어? 됐고, 나도 관두겠어! 너희들이 원하는 놈으로 선장을 뽑아! 난 그만두겠어!"

이윽고 세 사람이 벌떡 일어나더니 실버의 이름을 외치며 환호했어요. 그 모습을 조지는 빤히 쳐다만 봤지요. 딱 봐도 아직은 실버가 선장인 모양새였어요. 딕은 성경을 뜯어낸 탓에 저주를 받을까 봐 안절부절못하는 표정이었지요. 실버는 손에 들고 있던 성경을 내게 휙 던졌어요. 지금까지도 그

성경은 내가 갖고 있답니다.

"음, 조지. 선장이 되려면 좀 기다려야겠어."

실버는 망을 보라며 조지를 밖으로 내보냈어요. 해적들과 나는 잠자리에 들었어요. 실버의 반란이 가져온 끔찍한 일도 이제 끝을 달리고 있다는 생각이 들었어요. 하지만 앞으로 무슨 일이 닥칠지는 알 턱이 없었지요. 우리 편이 왜 실버한테 지도를 넘겼는지 이해가 안 갔어요. 분명 실버는 구질구질한 제 인생을 구하겠답시고 아득바득 온 힘을 다할 터였지요. 실버가 못되긴 했지만 안쓰러운 마음도 들더군요. 누가 봐도 캄캄한 앞길만이 실버를 기다리고 있었으니까요.

# 23장
## 잠시 풀려나다

리브시 선생님이 요새로 찾아왔어요. 그 바람에 우리 모두 잠에서 깨어났지요. 사실대로 말하면 나는 선생님의 얼굴을 똑바로 쳐다보기가 부끄러웠어요.

실버가 들뜬 기분으로 반갑게 리브시 선생님을 맞이했어요.

"선생님, 환자들은 아주 잘 있습니다요. 와서 보십쇼."

실버는 언덕 위로 올라오는 내내 리브시 선생님에게 계속 굽실거렸어요.

"우리 막사에 깜짝 손님도 찾아왔답니다!"

이 말에 리브시 선생님이 멈칫했어요.

"설마 짐 호킨스인가!"

"오, 맞습니다요!"

실버가 말했어요.

리브시 선생님은 충격을 받은 듯 주변을 둘러보다 구석에 서 있던 나를 발견했어요. 하지만 선생님은 일단 쉬지 않고 환자들을 돌봤어요. 그러다 마침내 내게 눈길을 돌렸지요.

"해적들의 주치의로서 내 의무는, 자네들이 건강하도록 돌보는 것이오. 그래야지 영국으로 돌아가 교수형에 처해질 수 있을 테니까."

리브시 선생님이 말했어요. 그런 다음 선생님은 실버에게 나와 단둘이 이야기를 나눠도 되겠냐고 물었어요. 해적들이 들고일어났어요. 그러자 실버가 해적들에게 한 마리 사자처럼 으르렁거렸어요.

"조용!"

그 모습에 해적들은 잔뜩 움츠러들었지요.

"자, 선생님. 아픈 녀석들을 돌봐 주시니 감사할 따름입니다요. 짐, 도망가지 않겠다고 약속해 주겠니?"

난 주저 없이 약속했어요. 실버는 리브시 선생님더러 먼저 언덕 아래로 내려가 있으면 나를 바래다주겠다고 했어요. 선생님이 자리를 뜨자 해적들은 실버에게 고래고래 고

함을 쳤어요. 이내 실버가 해적들을 조용히 시켰어요.

"보물을 찾으러 나서기로 한 바로 그 날에 휴전(싸움을 얼마 동안 멈춤) 약속을 깨뜨리길 바라는 거냐? 멍청한 놈들아! 얼간이들 같으니! 때가 되면 깨뜨릴 거란 말이다."

실버가 말했어요. 그러고는 나와 함께 밖으로 나갔어요. 리브시 선생님이 있는 곳에 이르자 실버의 얼굴 표정이 싹 바뀌더군요.

"자, 선생님. 제가 이 꼬마 녀석의 목숨을 살렸습니다요. 이제 제 목숨을 구할 일만 남았습죠. 그러니 부디 도와주십쇼."

"이런, 실버. 자네, 두려운 건가?"

리브시 선생님이 물었어요.

실버는 교수형에 처해질 운명이니 당연히 두렵다고 했어요. 그럼에도 짐의 목숨을 살려 주는 좋은 일을 했으니 리브시 선생님이 그걸 기억해 주길 바란다고 했지요.

이윽고 실버는 나와 리브시 선생님을 남겨 둔 채 자리를 떴어요. 선생님은 먼저, 모두를 걱정시켰다며 날 꾸짖었어요. 하지만 내가 그간 했던 일들을 이야기하자 선생님은 깜짝 놀랐어요.

"배를 찾았다고? 지금까지 죽 네가 우릴 살리는구나, 짐."

리브시 선생님은 당장 자기와 함께 떠나길 바랐어요. 하지만 난 그럴 수가 없었어요. 실버에게 도망가지 않겠다고 약속했으니까요. 리브시 선생님은 하는 수 없이 저만치 떨어져 서 있는 실버를 불러 말했어요.

"충고 하나 하지. 보물을 찾으려 들지 말게나."

"찾아야 합니다요. 안 그러면 저들이 절 죽일 겁니다요."

"음, 그렇다면 한 가지 말해 주지. 거센 바닷바람을 조심하게나. 돌풍을 맞았다간 죽을지도 모른다네. 이 모험에서 살아남아 돌아가게 되거든 내 자네를 살리기 위해 뭐든 하겠다고 약속하지."

그 말에 실버는 기쁘고 고마운 마음이 들었는지 싱글벙글거렸어요. 이윽고 리브시 선생님은 내게 악수를 건네고는 잰걸음으로 멀어져 갔어요.

## 24장

## 보물을 찾아서 : 플린트 선장이 남긴 길잡이

"짐, 내가 네 목숨을 구했듯 너도 내 목숨을 구했단다. 선생이 너한테 함께 가자고 한 거 다 들었다. 그런데도 넌 도망치지 않았지. 그게 날 구한 거란다. 있잖니, 나도 이러기가 싫단다. 선생이 말하는 돌풍이 무슨 뜻인지도 모르겠고. 오늘 보물을 찾으러 나서는 것도 썩 내키진 않아. 하여간 내옆에 바짝 붙어 있거라."

우리는 통나무집으로 돌아왔어요. 실버의 태도가 또다시확 바뀌었지요. 큰 소리로 허풍을 떨어 대더군요. 머지않아보물을 손에 넣은 다음 넓은 바다로 나아가겠다는 터무니없는 계획을 세웠어요. 여전히 날 인질로 삼은 채로요.

해적들은 뭐든지 할 각오가 되어 있다는 듯 웃어 보였어요. 난 실버가 양쪽에 발을 걸치고 있다고 여겼어요. 난 실버가 리브시 선생님에게 한 이야기를 해적들이 알게 될까봐 두려웠어요. 그러면 해적들과 싸워야 할 테니까요. 퍽이나 볼만하겠네요. 외다리 실버와 꼬마인 내가 힘센 다섯 해적과 싸우다니요.

또 나는 우리 편이 왜 그런 행동을 했는지 아직도 이해가 가질 않아 그것도 걱정이었어요. 그들은 왜 요새를 떠났고 지도까지 해적들에게 넘겨줬을까요? 돌풍을 조심하라는 건 또 무슨 뜻일까요? 보물을 찾으러 길을 나서면서도 내 머릿속은 온통 의문투성이였어요.

모두들 저마다 무기를 여러 개 지녔어요. 실버는 소총 두 자루, 권총 두 자루, 짧은 칼 한 자루를 몸에 지닌 채 앞장섰어요. 어깨에는 재잘대는 플린트 선장이 앉아 있었어요. 길을 나서는 우리들 모습이 아주 볼만했지요.

우린 보물 지도를 보며 길을 따라갔어요. 해적들은 지도에 나온 키 큰 나무가 어느 지점에 있는 나무인지를 두고 옳고 그름을 따졌어요. 저마다 생각하는 게 다 달랐지요. 누가 옳았는지는 보물을 찾으면 알게 될 거라고 실버가 말했어요.

우린 슬슬 걸어 나가다 왼쪽으로 꺾어 산마루에 올랐어요. 그런 다음 빽빽한 밀림으로 들어섰어요. 얼마나 지났을까? 갑자기 앞서가던 해적이 비명을 질렀어요. 우린 모두 그쪽으로 달려갔어요. 해적은 나무 아래에 누워 있는 해골을 뚫어져라 내려다보고 있었어요.

"해골이 어찌 이렇게 누워 있지? 어딘지 자연스럽지가 못하군."

실버의 말에 모두가 해골을 쳐다봤어요. 똑바로 누워 있는 것이 이상해 보이긴 했어요. 이내 실버가 나침반을 꺼내 들었어요. 그러고는 해골을 따라 일직선으로 난 방향을 살피더니 고개를 절레절레 저었어요.

"그럴 줄 알았어. 이건 길잡이야. 플린트가 웃기지도 않는 짓을 벌여 놨구먼. 이건 플린트가 죽인 사람일 테고. 아니, 머리카락을 보아하니 앨러다이스인 듯싶군. 기억하지?"

"그럼, 기억하고말고. 나한테 빚까지 졌는걸."

한 해적이 답했어요.

"플린트 그 인간, 영 마음에 안 들었어. 툭하면 화내고 욕하는 데다 한 노래만 쉬지 않고 불러 대던 꼴이. 불길한 기운을 늘 달고 다녔지."

다른 해적이 말했어요.

"자 이제, 허튼소리는 집어치우고 보물만 생각하라고. 가자!"

실버가 말했어요.

해적들은 숨을 죽인 채 걸어갔어요. 마구잡이로 떠들어 대던 소리도 싹 사라졌어요. 플린트가 남겨 놓은 무시무시한 길잡이가 선원들의 마음을 짓눌렀던 것이지요.

## 25장
## 나무 사이로 들리는 목소리

해적들은 몸을 바들바들 떨 정도로 잔뜩 지쳐 있었어요. 틈만 나면 철퍼덕 주저앉았지요. 번갈아 가면서 플린트 선장 이야기를 하기도 했어요.

"어찌나 못생겼던지. 성질은 또 얼마나 사나웠게."

"음 그래, 이제 죽었으니 하늘에 감사의 말이라도 전하지 그래."

실버가 말했어요.

그때, 난데없이 어디선가 노랫소리가 들렸어요.

"열다섯 사람은 죽은 자의 궤짝 위에……

요호호, 럼주 한 병."

순간 해적들이 겁에 질린 채 외쳤어요.
"플린트다! 죽었다 살아났나 봐!"
바로 그때, 아까 그 목소리가 소리쳤어요.
"다비! 내 칼 갖고 와."
그러자 해적 하나가 울부짖었어요.
"세상에, 저건 플린트가 마지막으로 한 말이잖아!"
해적들은 그 자리에서 옴짝달싹하지 못했어요. 하나같이
울며불며 유령이 무섭다고, 집에 가고 싶다고 소리쳤어요.
딕은 아파서 열이 나는데도 성경 구절을 주절주절 읽었지
요. 그 모습이 마치 정신 나간 사람 같아 보였어요. 실버는
아랑곳하지 않고 꿋꿋이 서 있었어요.
"저 목소리에는 울림이 있어! 유령의 목소리는 울리지 않
는데! 그러니 저건 인간이 내는 소리라고!"
실버의 말에 해적들이 정신을 차리는 듯했어요.
"맞아. 저건 플린트 선장의 목소리가 아니야. 다른 사람
목소리 같은데? 음, 저건 벤 건의 목소리야!"
누군가 말했어요.

누구도 벤 건을 두려워하지 않는 게 분명했어요. 설령 벤 건이 이미 죽어서 유령이 되었다고 해도 아무도 무서워하지 않았어요. 이윽고 해적들은 다시 길에 나섰어요. 앞에 놓인 오르막에만 눈길을 줄 뿐이었지요.

실버는 내가 도망치지 못하게 손목에 묶어 놓은 밧줄을 잡아당겼어요. 실버의 얼굴빛이 달라져 보였어요. 표정만 봐도 온통 보물 생각뿐이라는 걸 알 수 있었지요. 실버는 날 끌어당기더니 슬쩍 노려보기까지 했어요. 내게 너그럽게 대하려 했던 마음이 온데간데없이 사라진 게 분명했어요. 실버는 역시 해적이었어요. 보물을 찾고 나면 배를 되찾으려고 나를 위협할 터였지요. 자기 앞을 가로막는 자는 누구든 목을 베어 버릴 게 틀림없었어요.

우린 땡볕 아래에서 걷고 또 걸었어요. 난 겁도 나고 몸도 지쳐 있었어요. 그 와중에도 딕은 뒤에서 미친 듯이 지껄여 댔어요. 문득 이곳에서 플린트의 손에 죽어 나간 수많은 사람들이 떠올랐어요. 그 다음은 나일지도 모른다는 생각이 들더군요.

이내 빈터에 이르렀어요. 그때 갑자기 앞에서 메리가 크게 외치는 소리가 들렸어요. 우린 메리에게로 달려갔어요.

목발을 짚은 실버 역시 최대한 빠른 속도로 뛰어갔어요. 드디어 메리 옆에 선 우리 모두 발걸음을 우뚝 멈춰 섰어요.

앞에 커다란 구덩이가 있었어요. 갓 파인 것처럼 보이진 않았어요. 움푹 파인 구덩이 옆면에 잔디가 자라 있었거든요. 바닥에는 부서진 곡괭이가 있었고, 플린트 선장의 배였던 월러스호에 있던 조그마한 궤짝이 여럿 있었어요. 하지만 죄다 텅 비어 있었어요. 누군가 이미 그 안에 있던 보물을 가져가 버린 거예요. 수십만 파운드어치의 보물이 감쪽같이 사라졌어요!

*

해적들은 펄펄 뛰며 성을 냈어요. 고래고래 소리를 지르며 욕을 해 댔지요. 하지만 실버는 이미 누구보다 빠르게 태세를 바꾸어 내게 권총 한 자루를 건넸어요. 우리 둘은 은근슬쩍 한쪽으로 비켜섰어요.

"또 편을 바꾸는 거예요?"

내가 속삭이며 물었어요.

실버는 내 말을 들은 체 만 체 했어요. 해적들은 동전 한 닢이라도 찾겠답시고 구덩이 안으로 풀쩍 뛰어들었지요. 안에 아무것도 없자 다시 잽싸게 기어 올라와 도끼눈을 뜨고 실버를 쳐다봤어요.

"나무다리짝을 한 멍청한 이놈이 우릴 여기로 끌고 온 거야! 자, 이놈 얼굴을 봐. 보물이 없다는 걸 이미 알고 있었던 게 틀림없어."

조지의 말에 모두 실버를 노려봤어요. 그러자 실버가 입을 열었어요.

"선장 자리를 또 노리겠다 이건가, 조지?"

우린 권총을 쥔 채 맞은편에 선 해적들을 쳐다봤어요.

"두 놈이 한패야. 외다리 놈하고 꼬마 놈하고. 누구 심장을 먼저 도려낼까나. 우린 다섯이나 되는데."

조지가 말했어요.

바로 그때, 총소리가 크게 울렸어요. 메리가 쓰러졌지요. 조지는 구덩이 안에 빠졌고요. 실버는 조지를 향해 총 두 발을 탕탕 쏘고는 말했어요.

"조지, 자네와는 말이 통했다고 생각했는데."

그때 난데없이 리브시 선생님과 그레이, 벤 건이 연기가 모락모락 나는 권총을 들고 우리가 있는 곳으로 왔어요. 도망치는 해적들이 보트를 타지 못하게 막으려고 다 함께 재빨리 숲속으로 뛰어갔어요. 이윽고 해적들이 다른 방향으로

가 버렸다는 걸 알게 됐지요. 우린 잠시 숨을 돌렸어요. 그 사이 리브시 선생님이 그간 있었던 일을 설명해 줬어요.

벤은 이 섬을 일 년간 조사한 끝에 해골과 보물을 발견했대요. 구덩이에서 보물을 꺼낸 다음 동굴로 실어 나른 지 두 달이 지난 뒤 우리가 섬에 도착한 것이었지요. 내가 벤을 발견한 뒤 리브시 선생님께 벤에 대해 말했고, 다음 날 리브시 선생님이 벤을 찾아가서 들은 이야기였어요. 다음 날 아침, 선생님은 벤이 만든 보트가 사라진 걸 알아차렸고, 이제는 아무 쓸모가 없어진 지도를 실버한테 넘겼어요. 식량도 모두 실버에게 줘 버렸어요. 벤의 동굴에는 소금에 절인 염소고기가 잔뜩 있었으니까요.

리브시 선생님이 해적들에게 찾아온 그날이 기억났어요. 그날 선생님은 해적들이 보물을 찾으러 나설 걸 알고선 막으려고 온 거래요. 보물이 없어졌다는 걸 알면 난리가 날 테니까요. 그래서 벤은 미신을 믿는 해적들에게 겁을 주려고 숲속에서 유령인 척 노래를 부르고 소리를 질렀던 거고요.

"짐 호킨스가 없었다면 난 이미 죽었을 겁니다."

모두가 실버의 말에 고개를 끄덕였어요. 이내 우리는 보트를 타고 벤의 동굴 어귀까지 노를 저어 갔어요. 멀리서 트

렐로니 씨가 우릴 향해 손을 흔들고 있었어요. 해안가에 히
스파니올라호가 출렁이는 파도에 들썩이고 있었어요.

마침내 해변에 도착했어요. 트렐로니 씨는 실버를 노려보
면서 욕을 퍼부었어요. 아무도 말리질 않았지요. 우리는 모
두 동굴로 들어섰어요. 스몰렛 선장이 모닥불 옆에서 쉬고
있었어요. 한쪽에는 거대한 금화 더미와 보물이 한가득 쌓
여 있었어요. 아주 많은 사람들이 보물을 찾으려다 죽었어
요. 보물 때문에 셀 수 없이 많은 배와 시체가 바다 밑바닥
에 가라앉았어요.

"이번에 고향에 돌아가면 다시는 바다에 못 나갈 것 같구
나. 안 그러느냐, 짐?"

리브시 선생님이 말했어요.

우린 보트에서 챙겨 온 식량으로 맛있는 식사를 했어요.
실버는 멀찍이 떨어져 앉았어요. 우리가 처음 만났을 때의
그 사람으로 다시 변한 듯했어요. 상냥하고 조용하고 공손
한, 완벽한 뱃사람 말이에요.

# 26장
## 진심 어린 작별 인사 : 각자 집으로 돌아가다

그 뒤로 며칠 동안 우리는 엄청난 양의 보물을 먼저 보트에 실은 다음 히스파니올라호까지 실어 날랐어요. 하지만 무거운 보물을 나르기에 난 아직 어렸어요. 그래서 돛천으로 된 자루에 보물을 담는 일을 했지요. 한 자루 한 자루에다 보물을 채워 넣은 다음 선원들이 쓰는 커다란 바늘과 실로 가장자리를 꿰맸어요. 시간이 오래 걸리는 고된 일이었지만 애쓴 보람이 있었어요. 문득 섬에 남아 있는 세 명의 해적이 공격해 올까 봐 걱정되더라고요. 다행히도 그림자 하나 얼씬하지 않았어요.

산더미같이 쌓인 금화 중에는 세계 여러 나라에서 온 것도 많았어요. 그렇게나 여러 가지 모양과 크기, 빛깔의 돈이 있다는 걸 난 그때 처음으로 알았어요. 예전에 본 적이 있는 프랑스, 영국 동전과 더불어 스페인, 베네치아 금화까지 무더기로 쌓여 있었지요. 더욱 신기했던 건 한가운데 구멍이 뻥 뚫린 네모난 동전이었어요. 머나먼 중국에서 온 거래요. 아마도 유명한 여행가인 마르코 폴로가 여행 중에 우연히 발견한 동전인가 봐요. 난 동전을 쓸어 담은 다음 손가락 사이로 와르르 떨어뜨렸어요. 그 모습이 마치 가을 낙엽이 우수수 흩날리는 듯했지요.

우리 편 사람들은 실버에게 사람대접을 해 주긴 했어요. 하지만 기둥에 묶인 한 마리 개처럼 거리를 두고 지냈지요. 누구도 실버의 말에 귀 기울이지 않았어요. 아무리 착한 척을 해도 믿지 못할 사람이라는 걸 모두 알고 있었으니까요.

우린 해적들을 섬에 두고 떠나기로 했어요. 굳이 고향까지 데리고 가서 교수형에 처할 필요가 없었지요. 그래서 도구와 식량, 여러 가지 물건들을 벤의 동굴에다 남겨 둔 다음 배에 오를 채비를 했어요.

해안을 막 빠져나가려는데 모래톱에 있던 해적 셋이 제발 데려가 달라고 간절히 빌지 뭐예요. 리브시 선생님은 식량

을 좀 남겨 놓았다고 큰 소리로 알려 줬어요. 그런데도 해적
들은 계속해서 애원했어요. 하지만 우리가 자기들을 데려갈
것 같지 않자 이내 우릴 향해 총을 쏘더군요. 그러다 실버가
총에 맞을 뻔했지요.

섬에서 멀어지자 울퉁불퉁한 산꼭대기가 점차 흐리게 보
였어요. 보물섬을 뒤로하니 마음이 너무나도 벅찼어요. 일
손이 부족했던 터라 저마다 맡은 임무를 다해야 했어요. 크
게 다쳤던 스몰렛 선장은 여전히 휴식이 필요했어요. 그래
서 갑판 위 작은 침대에 누워 이런저런 명령을 내렸지요.

이윽고 중남미에 다다른 우리는 배에서 내려 그곳 사람들
에게 반갑게 인사하고 주변을 구경했어요. 여러 과일과 채
소도 맛보았지요. 스몰렛 선장은 한 영국인 선장을 만나 저
녁 식사 자리에 초대하더니 우리들의 모험 이야기를 들려줬
어요.

밤에 히스파니올라호로 돌아가 보니 벤 건이 홀로 갑판
위에 있었어요. 벤은 실버가 보물이 든 작은 자루를 훔쳐서
는 보트를 타고 급히 떠났다고 했어요. 실버가 영영 떠났다
는 이야기를 듣고 모두들 마음이 놓인 것 같아 보였어요.

우린 그곳에서 훌륭한 선원 몇 명을 뽑아 고향으로 무사

히 돌아갔어요. 소식이 끊긴 우리를 구하기 위해 막 구조선이 출발하려던 참에 도착했지요. 우린 보물을 공평하게 나누어 가졌어요. 각자 저마다 다른 곳에다 돈을 썼지요.

그레이는 보물을 판 돈으로 교육을 받고 결혼을 했어요. 지금은 멋진 배의 공동 소유주가 되었어요. 벤 건은 삼 주 만에 천 파운드를 다 써 버렸어요. 또다시 구걸하는 신세가 되고 말았지요. 스몰렛 선장은 뱃일을 그만뒀어요.

그 뒤로 실버의 소식은 듣지 못했어요. 아마도 부인을 찾은 다음 앵무새 플린트 선장과 함께 살고 있을지도 몰라요. 나는요, 보물섬에 보물이 남아 있다고 해도 두 번 다시는 그곳에 돌아가지 않을 거예요. 지금도 내 꿈속에서는 철썩철썩 파도 소리와 날카롭게 울어 대는 앵무새, 플린트 선장의 목소리가 귓전을 맴돈답니다.

'은화 여덟 닢, 은화 여덟 닢!'

어떻게
생각하나요?

## 생각을 나누어 보아요

재미있게 책을 읽었나요? 이제 여러분이 읽은 책에 관한 질문이 조금 있다가 나올 거예요. 하지만 이건 시험이 아니랍니다! 여러분이 이야기 속의 인물, 장소, 사건을 여러 각도로 바라볼 수 있도록 도와주는 질문들이지요. 특별히 정해진 답은 없답니다. 다음 질문에 여러분의 의견을 써 보세요. 이 이야기와 여러분 자신에 관해 더 많은 것을 알아내는 즐거움을 누릴 수 있답니다.

1. 보물 지도를 찾은 짐 호킨스는 용감하게도 보물 탐험에 나서요. 여러분은 보물 탐험에 나서면 기분이 어떨 것 같나요? 어디로 탐험을 떠나고 싶나요?

--------------------------------------------------

--------------------------------------------------

--------------------------------------------------

--------------------------------------------------

--------------------------------------------------

2. 보물을 찾으러 머나먼 곳에 가려면 친구들, 가족들과 헤어져 있어야만 해요. 그래도 여러분은 보물 탐험을 갈 건가요?

------------------------------------------------

------------------------------------------------

------------------------------------------------

------------------------------------------------

3. 빌리 본스 선장이 죽은 뒤, 짐 호킨스는 어둠 속에서 발걸음 소리가 들리고 자꾸만 안개 사이로 귀신이 보이는 것 같았다고 했어요. 그 부분을 읽고서 여러분은 어떤 기분이 들었나요?

------------------------------------------------

------------------------------------------------

------------------------------------------------

------------------------------------------------

4. 짐 호킨스는 자신을 대신해서 심부름할 아이가 새로이 여관에 왔다는 걸 알고는 눈물을 흘렸어요. 왜 그랬을까요? 여러분도 이런 느낌을 받아본 적이 있나요?

------------------------------------------------

------------------------------------------------

------------------------------------------------

------------------------------------------------

5. 존 실버는 평범하지 않은 인물이지요. 좋은 사람인 것 같으면서도 쉽게 다른 사람을 배신하지요. 여러분도 그런 사람을 만난 적이 있나요?

---------------------------------------------------------------

---------------------------------------------------------------

---------------------------------------------------------------

---------------------------------------------------------------

6. 짐 호킨스는 사과 통 안에 있었을 때 실버의 반란 계획을 우연히 듣게 되지요. 여러분도 짐 호킨스처럼 믿는 어른들에게 말했을까요? 아니면 다르게 행동했을까요?

---------------------------------------------------------------

---------------------------------------------------------------

---------------------------------------------------------------

7. 짐 호킨스는 섬으로 가는 보트에 어른들 몰래 탔어요. 그런 행동은 용감해서일까요, 어리석어서일까요? 여러분의 생각을 들려주세요.

---------------------------------------------------------------

---------------------------------------------------------------

---------------------------------------------------------------

---------------------------------------------------------------

8. 섬사람 벤 건은 짐 호킨스에게 '난 여기서 이렇게 살고 있지만 실은 부자란다.'라고 말하지요. 그 말은 무슨 뜻인가요?

------------------------------------------------

------------------------------------------------

------------------------------------------------

9. 이 이야기 속에는 짐의 어머니를 빼고는 온통 남성들만 나와요. 왜 그렇다고 생각하나요? 오늘날에는 여성들의 모험을 다룬 책이나 이야기가 있나요?

------------------------------------------------

------------------------------------------------

------------------------------------------------

10. 이야기 속에서는 해적들만 쓰는 표현이 많이 나오지요. 그 중 하나가 '검은 점'이에요. 그 뜻이 무엇이라고 생각하나요? 여러분만의 해적 용어를 만들어 보세요.

------------------------------------------------

------------------------------------------------

------------------------------------------------

## 작품에 대하여

　『보물섬』을 지은 작가, 스티븐슨은 어느 날, 가족 여행을 떠났다가 날씨가 좋지 않아 온종일 숙소에서만 지내야 했어요. 스티븐슨은 아들과 함께 섬 지도를 그리며 놀았는데, 이때 보물섬 이야기를 지어 내 아들에게 들려주었어요. 그 이야기를 훗날 다듬고 정리해서 출판한 책이 바로 『보물섬』입니다. 『보물섬』은 출간 즉시 독자들의 인기를 얻었고, 스티븐슨을 작가로서 성공하게 해 준 작품입니다.

　주인공 짐 호킨스는 있는지 없는지 정확히 알지도 못하는 보물을 찾아 모험을 떠납니다. 바다와 섬을 넘나들며 펼쳐지는 숨 막히는 사건들을 잇달아 겪는 데다 선한 사람과 악한 사람을 만납니다. 어린 나이에도 불구하고 여러 번 죽을 뻔한 고비도 겪지요.

　위기는 누구에게나 예고 없이 찾아옵니다. 그럴 때마다 짐 호킨스를 떠올려 보면 어떨까요? 어떤 어려움도 슬기롭게 대처해 나가는 용기와 지혜, 그리고 재치까지 말이지요. 그것이야말로 우리 삶의 진정한 '보물'이 아닐까요?

## 작가에 대하여

   로버트 루이스 스티븐슨(Robert Louis Stevenson, 1850-1894)은 스코틀랜드 에든버러에서 등대 건축 기술자의 아들로 태어났습니다.

   어느 날 등대를 보기 위해 아버지와 함께 찾았던 섬과 해변의 경치에 흠뻑 빠져든 스티븐슨은 바다와 모험을 늘 마음에 품고 살았습니다. 아버지의 바람대로 법과 대학에 입학해 25세에 변호사가 되었지만, 독서뿐만 아니라 이야기 쓰는 것을 좋아해 작가의 삶을 살기로 합니다.

   스티븐슨은 어려서부터 두루두루 다니고 경험한 덕분인지 여행을 특히나 좋아했습니다. 여행기를 쓰며 글쓰기 실력을 탄탄하게 쌓아 갔고 급기야 독자들의 흥미를 사로잡는 이야기를 써 나가기 시작합니다. 여행을 통해 세상을 바라보는 유쾌한 시각을 얻은 스티븐슨은 인간의 선과 악, 탐욕 등 무겁고 어두운 주제도 모험과 환상을 담아 재미있는 이야기로 만들었습니다. 대표적인 작품 『보물섬』과 『지킬 박사와 하이드』는 오늘날까지도 사람들 입에 오르내리며 꾸준한 인기를 얻고 있습니다.

## 고전 문학 읽기의 즐거움

첫인상은 매우 중요합니다.

새로운 사람을 만나건 새로운 장소에 가건, 또는 읽을 책을 고르건, 첫인상은 무척 중요하지요. 첫인상이 좋지 않으면 앞으로의 새로운 만남이나 도전에 겁을 먹고 피하게 되니까요.

『보물섬』은 전 세계 사람들에게 오랜 세월 동안 사랑받은 이야기예요. 그런 이야기들을 '고전'이라고 부르지요. 여러분은 이 책을 읽고 어떤 첫인상을 받았나요? 이처럼 긴 이야기를 읽을 수 있어서 뿌듯했나요? 또한 이야기를 읽으면서 짐 호킨스, 존 실버, 리브시 선생님과 좋은 친구가 되었나요?

이처럼 고전은 다양하게 많이 읽을수록 좋아요. 하지만 아이들은 어려운 단어가 많이 나오고 내용이 긴 고전을 쉽게 읽기가 어렵지요. 또한 고전 속 풍부한 사건이나 등장인물들에 대해 이해하기 어려울 수 있어요. 이때 재능 있는 동화 작가들이 고전을 간추려 새로 공들여 쓴 이야기는 어린이들이 쉽고 재미있게 고전을 이해할 수 있도록 도와줘요.

아이들이 고전에 관심을 갖고 자극을 받게 되면 좀 더 다양한 주제와 등장인물이 나오는 고전을 찾게 되지요. 독서 능력이 커지면 커질수록 간추린 고전이 아닌, 내용이 훨씬 길고 어렵더라도 원래 그대로의 이야기를 읽고 싶은 욕망 또한 자연스레 솟아나지요.

고전 문학은 어린이들이 가정과 사회 속에서 자라면서 자기 자신을 더 잘 이해할 수 있게 도와줘요. 이 시리즈는 아이들이 고전을 읽고 활발하게 자기 생각을 토론할 수 있는 질문들도 풍부하게 실었어요. 부모님, 선생님, 친구들과 함께 질문에 대해 생각해 보고 이야기를 나눠 보세요. 우리가 사는 이 시대의 생각들, 지나간 시대에 중요하게 생각했던 가치나 기준들을 비교해 생각해 볼 수 있어요. 그 외매우 다양한 방식으로 고전 문학들을 감상할 수 있답니다.

고전 문학 읽기의 즐거움을 어린이들과 함께 나누고, 진짜 같은 상상의 세계로 안내하는 이 고전 시리즈를 전 세계 어린이들과 함께 즐겨 보세요.

교육학 박사 아서 포버
Dr. Arthur Pober, EdD

### 다시 쓴 크리스 테이트

크리스 테이트는 작가이자 어린이책의 편집자입니다. 쓴 책으로는 『작은 거인 책: 엉뚱한 수수께끼』, 『작은 거인 책: 완전 거대한 노크』, 『너클헤드 박사의 노크』, 그리고 『스위스 가족 로빈슨과 보물섬』 등이 있어요.

### 옮김 조현진

한국외국어대학교에서 스페인어와 영어를 전공했어요. 동대학교 TESOL대학원에서 '영어교육콘텐츠개발' 석사학위를 받았고, 초중등 영어교재 및 콘텐츠 개발하는 일을 했어요. 〈한겨레 어린이*청소년책 번역가그룹〉에서 공부했으며, 옮긴 책으로는 『페이지스 서점』 시리즈, 『하늘을 나는 발명왕 마리엘라』, 『멀린 10』 등이 있습니다.

### 그림 김성용

대학에서 애니메이션을 공부하다 사회생활을 했습니다. 늦은 나이에 일러스트레이터가 되어 재미있는 책을 만들기 위해 노력하고 있어요. 그린 책으로는 『내 일터는 타워크레인』, 『북적북적 도시』, 『구스범스』 등이 있습니다.

### 추천 교육학 박사 아서 포버

유아기 아동과 영재 아동 교육 분야에서 20년 이상 활동했어요. 영재들을 위한 학교로 세계적으로 유서 깊은 헌터칼리지 영재 학교의 교장이었고, 뉴욕시의 25,000명 이상의 청소년들을 위한 특수 학급의 책임자였어요.
또한 미디어와 아동 보호 분야에서 공인된 권위자이며, 현재는 미디어 및 유럽 광고표준 연합을 위한 유럽 협회의 미국 대표예요.